VIE ET DESTIN
DE CÉLESTIN AREPO

Couverture : *Un Amour conduit des poissons faisant office de chevaux.*
Pompéi, villa des Vettii.

Jérôme Millon

Vie et destin de Célestin Arepo

La fosse aux ours

À mon père, à ma mère
À Marie-Claude

La fosse aux ours – 1 place Jutard – 69003 Lyon

Sur la palette infinie des couleurs, assurément c'est le gris qui peut donner à la vie de Célestin les reflets d'une existence marquée par l'ennui.

Pas le noble gris de son costume dominical, plutôt le gris du ciel quand les jours s'étirent monotones et qu'on oublie qu'il y eut et qu'il y aura un soleil pour nous réchauffer l'âme.

Si un chiffre doit qualifier cet homme, ce ne sont pas les neuf premiers, trop singuliers, trop originaux, trop indispensables dans l'infini des combinaisons ; pas plus que le zéro dont la rondeur assure tant de souplesse dans l'articulation des dizaines... 212 conviendrait mieux, nombre qui n'a pas de sens, sans personnalité. Identique, qu'on le prenne à l'endroit ou à rebours, il est l'insignifiance même, divisible et sans intérêt. Incognito.

Célestin Arepo naît en 1900 dans une famille modeste où le respect du travail avait valeur de religion, chaque dépense de seconde nécessité ne s'engageant qu'au délibéré d'un tribunal soumis aux lois de la modération et du bon sens. L'excès ou la fantaisie ne s'invitait que dans le cadre strict des fêtes et réjouissances officielles ; musiques convenues pour une vie sans sève.

Célestin n'avait pas beaucoup de souvenirs de son enfance. De l'école, seul le préau avait laissé une trace dans sa mémoire. L'entrecroisement savant des poutres donnait l'assurance d'un abri sûr pour cacher sa solitude. Refuge d'une cour de récréation turbulente où il ne trouvait pas sa place. Malheur à celui dont le nom prêtait à moquerie. Célestin n'échappait pas à la règle d'un avenir marqué par son patronyme. On lui prédisait une carrière de chanteur lyrique et plus d'un, le croisant, chantait le destin de *Célestin Opéra* en riant. Un autre, portant un plateau imaginaire, une main dans le dos, se courbait devant lui pour prendre la commande de *Célestin Apéro*. Le jeune garçon doutait que sa vie puisse ainsi échapper à sa volonté, mais cela laissa une trace en lui, un trouble, une incertitude sur l'exercice qu'il faisait parfois de sa liberté.

Adolescent, il ne ressentit aucun attrait particulier pour le chant et il ne fréquenta pas les cafés.

Pourtant, comme une ombre portée sur sa vie, le doute accompagnait chacune de ses décisions importantes. La mélancolie déposa son voile noir sur le destin du jeune garçon, gommant les aspérités des joies et des peines de ses jeunes années.

Seuls les voyages chez un oncle fantasque avaient laissé dans sa mémoire quelques cartes postales colorées. C'est peut-être pour les avoir trop brassées que les teintes s'étaient estompées et que les scènes avaient perdu de leur gaieté.

Fils unique, on disait de lui enfant qu'il était gâté. Dans les yeux de ses juges bienveillants, Célestin ne sut jamais lire si l'auréole dont on le parait avait l'aspect cotonneux de la barbe à papa, ou si l'abus de ce sucre avait déjà carié son âme.

Il avait parlé tôt, le destin ayant privilégié l'articulation des mots à celle de ses membres qui s'étaient développés sans harmonie. Un port de tête bien droit sur des épaules légèrement tombantes conférait à sa silhouette un certain déséquilibre, une volonté semblant prisonnière ou plutôt contrariée. Les muscles du cou, d'une belle symétrie, apportaient à son corps une touche de détermination. Une pomme d'Adam proéminente roulait sous sa peau de façon aléatoire, en toute liberté.

Les mots étaient vivants pour Célestin. Très jeune, au détour d'une conversation, il avait entendu que certains n'étaient plus que rarement employés et avaient vieilli – comme ce « nonobstant » si plaisant à ses oreilles. L'idée qu'ils pouvaient peut-être mourir lui était venue et il avait pu en vérifier le bien-fondé le jour où, à trop marteler le mot pomme, le sens du beau fruit s'était évanoui sans laisser un seul pépin dans son âme d'enfant. Ce vertige le laissa interdit et il n'en fit plus l'expérience, préférant chercher les harmonies secrètes des mots et des choses. Ainsi « *le vent souffle* » le réjouissait, tant la sonorité de ce phrasé scellait à jamais la complicité du dit et du fait. Bien sûr, il y avait toutes ces langues étrangères qui mettaient une limite à sa trouvaille ; ce bel accord n'était donc pas universel. Cette question étant trop complexe, il l'avait abandonnée aux frontières linguistiques.

Ayant souvent entendu les adultes parler d'une *règle d'or*, il se jura de posséder un jour une telle règle, qui semblait indispensable pour tracer la droite ligne d'une vie honnête. La curiosité poussa ses mains à ouvrir tous les tiroirs de la chambre paternelle. S'il fut déçu de ne trouver aucune règle en or, il lui fallut admettre que, sans elle, son père menait quand même une vie irréprochable. Soulagé de faire une telle économie, il découvrit la richesse des métaphores.

De là venait sans doute son goût des dictionnaires et des mots croisés.

Mais s'il aimait les mots, les chiffres étaient la vie même de Célestin, comptable aux établissements Dubreuil, une usine de roulements à billes destinés à l'industrie automobile. Après une formation sans histoire, Célestin occupait maintenant le même bureau, le même fauteuil que son père, mort au champ d'honneur à Verdun. Son année sous les drapeaux avait fait un accroc dans la toile de cette vie tissée aux fils de la monotonie.

L'usine, bâtiment planté en bordure des voies ferrées, non loin de la gare de l'Est, était de taille modeste. Son architecture sans originalité avait été dessinée dans un esprit de rationalité. Un large porche donnait sur une cour pavée qui distribuait à gauche les bureaux de l'administration, à droite les ateliers de production. Les locaux affectés à la cantine et ceux réservés au stockage et aux expéditions faisaient face à l'entrée et fermaient la cour. Un marronnier apportait une touche de verdure, et rappelait le rythme des saisons. Devant les bureaux de l'administration, un long râtelier abritait de la pluie les vélos des ouvriers.

Malgré le bruit de l'atelier d'usinage, le lieu était plutôt calme. Le passage des trains rythmait les journées : le Paris-Strasbourg de 6 h 30 marquait le début du travail et chacun savait qu'il devait alors être à son poste. L'express de midi indiquait la pause, celui de quatorze heures la reprise, enfin le Strasbourg-Paris la fin de la journée. Nul besoin d'horloge, et celle, monumentale à l'émail écaillé, qui ornait la façade directoriale devait le savoir, car elle avait un jour cessé de tourner ses heures, pour se croiser les bras en repliant définitivement ses aiguilles, enfin réunies à 6h30. On ne sut jamais si c'était un matin qu'elle avait décidé de ne plus ouvrir le bal du labeur ou si, après en avoir sonné la fin, elle avait définitivement déserté l'usine.

Célestin aimait son métier. Il se considérait comme un rouage important dans la bonne marche de l'usine. De son application à tenir ses livres de comptes dépendait la pérennité de l'entreprise. Une seule erreur dans ses bilans pouvait mettre en péril l'emploi des ouvriers. Chaque roulement à billes sortant des établissements Dubreuil était parfait. Le sérieux, la justesse et l'exactitude de ses tableaux chiffrés se devaient de répondre à l'exigence de précision de leur usinage, de leur polissage et de leur assemblage.

Il pensait même ce lien si fort qu'il se persuadait parfois n'être pas étranger à la confiance des conducteurs dans la bonne marche de leur automobile.

Un jeune concierge, gueule cassée, avait remplacé il y a peu Roger, parti à la retraite après tant d'années de service qu'il semblait partager l'ancienneté même de l'usine. Le nouveau s'appelait aussi Roger, ce qui contribua certainement au bon accueil que lui fit le personnel. La guerre ne l'avait pas épargné et son visage derrière la vitre semblait être là pour rappeler à tous, chaque matin, la chance de présenter aux autres l'ordinaire de son propre visage.

Serviable et attentionné, il ne manquait pas de travail. Il distribuait le courrier, était prompt à remplacer l'ampoule défaillante, sortait les poubelles, accompagnait les visiteurs à bon port et surtout il suppléait la pointeuse souvent en panne, sa gentillesse l'amenant parfois à noter une heure décente à celui que le sommeil avait retenu. Il arrondissait ainsi les heures des retardataires et réparait parfois le pneu crevé du vélo d'un ouvrier.

On lui connaissait une liaison féminine depuis que Lucien, du service d'expédition, avait surpris une jeune femme parlant à Roger. Dressée sur la pointe des pieds, d'un léger mouvement de la tête, elle avait effleuré de ses lèvres la vitre de la loge avant de s'éclipser. Lucien en avait été ému et n'avait pu tenir sa langue. À l'heure de la sortie, tout le personnel avait pu voir la trace de son rouge à lèvres comme une rose déposée sous l'officiel CONCIERGERIE qui ornait en demi-cercle la vitre du guichet. On s'était réjoui qu'une fleur ait pu éclore dans le cœur du jeune concierge malgré son visage sacrifié à la patrie.

Roger était heureux.

Célestin n'avait du bonheur qu'une image diffuse et, lorsqu'il s'interrogeait sur son existence, il préférait penser qu'il n'était pas malheureux. Il avait pris très jeune l'habitude de ne juger les reliefs de la vie qu'à la seule satisfaction d'en avoir évité les précipices ; il voulait surtout qu'il ne lui arrive *rien*.

Il n'avait connu qu'une femme dans sa jeunesse, lors d'un bal du quatorze juillet. Au bras d'une ouvrière pleine de vie, il avait ressenti les frissons, signes avant-coureurs d'une conquête possible. Une rencontre dans l'épicerie de la rue du Faubourg-Saint-Denis avait croisé ces deux destins. Elle s'était installée dans son appartement, mais une année ne s'était pas écoulée qu'il fut le théâtre de leur discorde puis de leur séparation. Dans la partition qu'ils avaient improvisée, il ne pouvait y avoir d'harmonie entre cette flûte nerveuse et gaie et la mélancolie du basson. Célestin n'alla plus danser au rythme de l'accordéon national. Il changea aussi d'épicerie.

Célestin habitait rue d'Alsace, dans le petit appartement de son enfance.

Il aimait cette rue calme et son bel escalier à double révolution. Il habitait au numéro 35, au milieu même de la rue, et il s'en réjouissait, sa préférence allant aux chiffres impairs ; cette rue, surplombant la gare de l'Est, n'avait d'ailleurs pas de numéros pairs. En revanche, la présence si proche de la gare du Nord lui avait toujours semblé incongrue et il n'avait jamais admis l'à-peu-près des ingénieurs de la République. Dans son esprit, les gares desservant le Nord, le Sud, l'Est et l'Ouest de son pays se devaient d'être implantées aux quatre points cardinaux. La capitale ne devait-elle pas montrer l'exemple ? Plus bas, la *rue des Deux-Gares* n'aurait-elle pas dû prêter son nom à celle qui relie *vraiment*, un peu plus haut, ces deux gares ?

Célestin n'avait pas beaucoup d'amis ou, si l'on considère que se confier à quelqu'un marque la frontière entre la camaraderie et l'amitié, Célestin n'avait qu'un ami et c'était Mathieu.

Il avait rencontré Mathieu à la fin de l'hiver, au cimetière Montmartre, lorsqu'il était venu choisir l'emplacement de sa future tombe. Il n'y avait pas de caveau familial, ni même de tombe pour son père dont le corps était resté prisonnier dans la boue d'une tranchée. Il avait fait un pèlerinage à Verdun et avait déposé là, en une fois et pour toujours, toute l'émotion qu'un fils se doit de ressentir pour son père disparu. Soucieux d'appliquer à son propre trépas la règle de sa vie bien ordonnée, il lui fallait donc envisager cette funèbre démarche de choisir le lieu et le mobilier de son repos éternel. Il avait décidé de se rendre au cimetière Montmartre.

Mathieu, le gardien principal, lassé de voir les mêmes processions et leurs cortèges de visiteurs éplorés, fut touché par le souci de cet homme si jeune encore, venu chez lui l'œil sec prendre les mesures de sa dernière demeure. Il décida de l'accompagner dans la visite de son cimetière qui prit soudain dans le regard de cet hôte singulier un caractère accueillant. Il lui montra les tombes les plus anciennes, les plus monumentales – érigées à la gloire éternelle de capitaines d'industrie oubliés ou de dignitaires de la République –, les plus originalement décorées, souvent dernières demeures de grands voyageurs ou de poètes laissant là une ultime trace de leur passage sur terre. Il lui parla de son travail, de son soin à tailler les haies qui bordaient les allées, de ses préférences pour quelques tombes, de sa tristesse devant la brièveté de certaines vies, de son respect pour le carré des poilus, de son amitié pour les croque-morts et son agacement pour les donneurs d'ordre des services municipaux. Enfin il lui offrit un café dans sa guérite pour lui parler des formulaires administratifs et du choix difficile de la durée de la concession.

De retour chez lui, Célestin se félicita de sa rencontre. Il avait apprécié les conseils du gardien, mais hésitait dans son choix. Prendre une concession *à perpétuité* lui semblait exagéré, et surtout, comme son regard les jours de nuit claire à la campagne trouvait rapidement une limite en contemplant les étoiles, d'une manière générale il avait du mal à se représenter l'infini. Il se rappela qu'on disait parfois d'un condamné qu'il avait pris « perpète » et fut surpris que la prison puisse donner ainsi une dimension humaine à l'éternité. Il craignait seulement que, le moment venu, son âme ne restât prisonnière de sa tombe, tout comme le corps de son père, là-bas.

Cette rencontre avec Mathieu changea la vie de Célestin. Il retournait souvent au cimetière et, à chaque visite, il appréciait un peu plus le calme et le sérieux du gardien. Peut-être était-il aussi rassuré par sa forte corpulence. Mathieu, de taille moyenne, était en effet de belle carrure et sa poignée de main donnait l'assurance de trouver en lui un solide compagnon. Le cou, légèrement penché à force d'inclinations et de condoléances, ne s'accordait pas à l'impression de force tranquille émanant de sa silhouette. Une belle moustache qu'il lissait fréquemment semblait compenser une calvitie bien avancée.

Bientôt Mathieu lui conseilla une entreprise de pompes funèbres, l'aida à choisir l'emplacement de sa tombe. Il le rassura sur l'application qu'il mettrait à se trouver un successeur digne d'une si grande responsabilité lorsque le moment serait venu pour lui de transmettre sa charge.

Célestin avait étudié les statistiques de décès par catégories professionnelles et, s'il n'y avait pas d'écart significatif entre leurs deux métiers, leur différence d'âge pouvait laisser légitimement penser qu'il partirait le premier.

Au fil de leurs rencontres, les échanges se firent plus francs, les propos plus directs. Les cœurs parlaient sans masque, une amitié naissait.

Si le métier de Mathieu n'avait plus de secrets pour Célestin, celui-ci regrettait de s'être perdu dans les détails du tableau qu'il fit de sa place dans son entreprise. La longue liste de ses livres de comptes et l'application qu'il mettait à en souligner la cohérence générale et l'intérêt évident, ne rencontrèrent pas chez son ami l'écho escompté. Il avait surpris le regard de Mathieu lâcher prise et s'éteindre bientôt dans l'alignement des tombes. Il en fut un peu contrarié mais ne lui en tint pas rigueur.

Une fois l'amitié campée sur les bases solides de la confiance, soulever le voile de l'intimité semblait bien naturel. Célestin eut du mal à trouver dans sa vie une part obscure, un désir secret dont il aurait pu, par une confession soigneusement distillée, partager quelques morceaux choisis avec Mathieu. Il donna une version brève de son ancienne liaison, sans s'expliquer sur son renoncement à une nouvelle conquête féminine. Il n'y avait pas non plus grand-chose à dire sur le chapitre de sa famille. Son père était donc mort à la guerre ; sa mère avait quitté le foyer pour suivre un musicien dans une tournée à l'étranger dont elle n'était jamais revenue. Il fallait sans doute voir dans ce manque d'amour maternel l'origine d'un cœur si peu enclin à la joie et à l'émotion. Pas de frère, pas de sœur, le tour du cercle familial fut rapidement bouclé.

Seule la passion qu'il éprouvait pour les mots croisés animait son regard lorsqu'il parlait de son admiration pour les auteurs de ces définitions teintées d'humour, jouant sur l'homophonie, ou maniant la métaphore et la métonymie. Mots barbares, dont Célestin fut fier de donner la signification à son ami. Il considérait ces rédacteurs comme des confrères en mots, des comptables de l'esprit fin, même s'il fallait en convenir, la lecture de ses propres bilans devait être d'une parfaite clarté et non un casse-tête. C'était plutôt par les secrètes harmonies entre tous ces mots, le mystère de leurs définitions qui se dévoile peu à peu pour s'afficher dans un tableau ordonné, complet et juste, que ces deux métiers rencontraient des similitudes à ses yeux. Célestin eut même un moment d'exaltation lorsqu'il prit son ami à témoin pour lui poser une question, à son insu quelque peu métaphysique : pouvait-il exister une grille sans cases noires ? le mot croisé parfait ! Mathieu répondit qu'un jour peut-être... dans le futur... Célestin avoua qu'il le cherchait mais que, dépourvu d'imagination, son esprit manquait de souplesse et de fantaisie.

Mathieu lui parla de sa famille, des joies partagées avec ses enfants, de voyages – il avait la chance de posséder une voiture reçue en héritage –, de plaisirs de bouche, de sorties, de cinéma. Célestin ressentit un léger vertige devant toutes les facettes de cette vie si pleine d'émotions et de liberté. Le meilleur étant souvent pour la fin, Mathieu lui fit part de ce qui occupait ses rêveries et ses dimanches : la pêche. Il mit tant d'ardeur dans l'exposé de sa passion, tant de suspense dans le récit des prises, tant de précision à décrire son matériel, tant de vérité à sa joie qu'il réussit à décider Célestin de l'accompagner un dimanche de printemps à l'étang du Grand-Passage.

Un jour Mathieu, l'air mystérieux, prit Célestin par le bras et l'emmena vers une baraque en bois dissimulée derrière une haie de buis. Il ouvrit la porte et l'invita à pénétrer. Le sol était jonché de débris et d'éclats de pierre. Sur un établi il y avait quelques croix sculptées en cours d'exécution et des ébauches de petites figurines ; sur une étagère un alignement de personnages et d'animaux.

Mathieu lui expliqua qu'il avait pris plaisir à tailler quelques blocs afin de réparer une brèche dans le mur d'enceinte du cimetière. Voulant renouveler l'expérience, il s'était risqué à la réalisation de quelques œuvres ; des visages furent ébauchés par ses mains inexpertes. Mathieu riait encore de leurs difformités – Célestin pensa à Roger… –, puis le coup de burin s'était fait plus précis et les formes plus maîtrisées. Il disposa quelques sculptures qu'il jugeait dignes d'être exposées dans les travées du cimetière. Il avait reçu des compliments et d'aucuns lui avaient même passé commande, espérant voir le souvenir des chers disparus prendre forme dans les mains de l'artiste. Il gravait aussi des noms sur les pierres tombales, dates, formules toutes faites, ou sentences ; tout un vocabulaire convenu.

En souriant, il lui montra au revers de la porte une plaque où on lisait *Chez Léonard*.

Au jour du rendez-vous de pêche, quelques semaines plus tard, l'enthousiasme de Célestin était retombé.

La Onze Citroën de Mathieu l'attendait devant chez lui. Le soleil n'était pas encore levé mais Célestin pouvait distinguer des cannes attachées sur la galerie et diverses boîtes, bourriches, épuisettes et paniers en osier occupant toute la place arrière. Mathieu rayonnait de la joie de celui qui mesure la richesse de se savoir l'unique maître d'un Mystère qu'il dévoilera dans une cérémonie, dont il connaît à l'avance les rites et les arcanes.

Pendant le trajet, Célestin eut une pensée pour son usine, fournisseur de Citroën. Il ne put s'empêcher de sourire à l'idée que lui aussi participait un peu au bon déroulement de cette journée. Il manqua en faire la remarque à son ami mais se retint de justesse à la rampe de la mesure – il y a toujours un risque de tomber dans le ridicule, à franchir la frontière entre les divagations secrètes de son imagination et les convenances de la conversation. Il faut savoir parler dans les clous.

Célestin était content d'être dans une Onze. Il ne comprenait pas que l'on donnât aux voitures des noms poétiques, voire des prénoms de femmes. Le chiffre 11 lui plaisait, et Citroën était une bonne marque. Après la Onze, il se demanda à quoi pourraient ressembler les futures productions de Citroën, les 13, 15, 17, 19, 21 ou 23, puisque les ingénieurs avaient par bonheur privilégié une série impaire pour baptiser leurs créations.

À leur arrivée le soleil se levait sur les bords de l'étang. Célestin n'aurait su dire exactement où ils étaient ; au nord de Paris assurément, mais il s'était laissé conduire sans prêter aucune attention à la route. Le chauffeur connaissait le chemin, il n'y avait donc nulle carte à consulter, il avait sommeillé. Mathieu avait beaucoup parlé et ce monologue l'avait bercé. Cette litanie semblait faire déjà partie de la pêche et Célestin était persuadé que, même en solitaire, elle accompagnait le pêcheur à chacune de ses sorties. La question du choix des appâts, à quelle profondeur, quel fil, quel hameçon, et surtout est-ce que les poissons allaient mordre ? Sans oublier la longue liste des prises passées, les émotions et les anecdotes. Aujourd'hui l'audience était ouverte dans la voiture, et Mathieu avait plaidé à haute voix pour les mérites de la pêche.

Au bord de l'eau Célestin s'éloigna un peu et fit quelques pas pour se dégourdir les jambes et profiter d'une vue d'ensemble sur ce lieu où il allait passer la journée. Il aurait tout le loisir de l'explorer pendant la pêche de Mathieu.

L'étang était vaste, en forme de haricot, bordé de peupliers sur la rive opposée. Un rideau de roseaux en ourlait le bord. Troué par endroits, il laissait deviner les postes de pêche, emplacements piétinés, où deux ou trois fourches plantées au ras de l'eau attendaient les cannes des pêcheurs.

Mathieu avait déployé son matériel. Célestin compta trois cannes et une épuisette. Quelques boîtes ouvertes exhibaient des bouchons de couleurs vives et de différentes tailles, d'autres des hameçons et des émerillons répartis dans de petites cases, des bobines de fil ainsi qu'une grande variété de plombs. Le bon ordre et la minutie régnaient sur ce petit univers. Il désignait chaque accessoire avec le plaisir dissimulé de l'érudit qui noie son élève dans le flot de son savoir afin de lui dévoiler sa science, petit à petit, au fil des explications. Dans tout cet attirail, Célestin apprécia les fils de pêche rangés en catégories par centièmes et les hameçons par numéros.

Il comprit que tout l'art de la pêche consistait à prendre du gros avec du fin. Et comme chacun a son faire-valoir, Mathieu dit tout son mépris pour ces pêcheurs qui ne cassaient jamais. Casser était la signature du bon pêcheur, celui qui pêche à la limite, celui au cœur généreux qui donne sa chance au poisson, bref, celui qui pratique un Art.

Il y eut ensuite un moment pénible pour Célestin lorsque son ami lui montra ses appâts. La lente et molle reptation des grands lombrics dans leur prison de mousse et de terre lui parut presque plaisante après que Mathieu eut refermé la boîte percée des asticots. Le grouillement et la furie absurde de ces petites virgules blanches dans un crissement continu l'avaient en effet écœuré. Bien que son ami l'assurât qu'il y avait, là aussi, tout un art dans la manière de fixer les appâts sur l'hameçon, Célestin préféra ne pas assister à cette partie de la cérémonie.

Enfin, une petite lessiveuse, dans le coffre de l'automobile, abritait quelques poissons blancs. Selon la terminologie de Mathieu il s'agissait de « vifs » destinés à la pêche au brochet. Son ami lui expliqua que, accroché vivant sur un hameçon de belle taille, ce leurre adoptait alors la nage d'un poisson moribond, susceptible de rappeler au brochet sa réputation de requin des étangs.

Mathieu lui présenta ses trois cannes : il y en avait une pour la friture, une pour la perche ou le gardon, la troisième, forte canne en bambou, pour le brochet.

Mathieu lança sa première ligne, et, s'étant assuré que le bouchon dansait correctement sur l'eau, il en posa une seconde et garda la troisième dans les mains. Le « vif » ramenant parfois la ligne dans les roseaux, il fallait être très attentif.

Il n'y avait plus qu'à attendre.

Attendre...

Attendre...

Célestin s'assit aux côtés de son ami, devenu silencieux. Il observait ses gestes précis lorsqu'il reprenait une canne en main pour relancer la ligne qu'un vent léger ramenait imperceptiblement vers le bord. Il resta là un long moment. Régulièrement, Mathieu déposait sa canne sur une fourche. Surveillant son bouchon d'un œil, il changeait un lombric ou modifiait la longueur d'une ligne. Une heure passa sans que les poissons manifestent le moindre intérêt pour les appâts du pêcheur.

Célestin décida de laisser Mathieu à son affaire et de faire le tour de l'étang pour chercher ce Grand-Passage. Sa présence gênait peut-être sa concentration. La pêche, tout comme la messe, avait besoin de calme, de recueillement et d'espérance, et il manquait sans doute de foi pour communier avec son ami.

Un chemin creusé par des générations de bottes permettait de longer l'étang. Plusieurs postes de pêche avaient été aménagés, un banc, un brasero ou simplement quelques pierres pour les grillades et les brochettes dominicales. Un bonheur palpable habitait ces lieux et Célestin ressentit la gêne de celui qui, par mégarde, pénètre dans un jardin privé.

Au bout de l'étang, les roseaux étaient plus rares et une plage offrait une vue dégagée. Trois barques retournées étaient tenues en laisse par de solides chaînes. Une frange de débris végétaux indiquait la limite de la montée des eaux, écume de la vie de l'étang laissée là les jours de pluie. Une grosse souche hérissée de maigres branches mortes s'était échouée. Une ligne était emmêlée sur l'un de ses bras. Le fil pendait tristement sous le poids de quelques plombs et la couleur du bouchon avait pâli. Penché sur cette souche, Célestin put voir son visage se refléter sur le miroir de la surface, s'amusant des distorsions que les vaguelettes lui faisaient subir.

Reprenant son chemin, il se trouva bientôt en face de son ami, qui, l'ayant aperçu, lui fit un signe de la main. Il s'assit un moment pour l'observer. Les gestes étaient les mêmes : de temps en temps, Mathieu retirait une ligne pour la relancer après en avoir contrôlé l'appât. Rien ne laissait penser que son départ ait favorisé l'arrivée des poissons dans la bourriche.

Mathieu était le seul pêcheur. Une lecture appliquée de la météorologie aurait-elle dissuadé ses confrères de venir aujourd'hui ? Fallait-il comprendre que Mathieu ignorait cette science indispensable aux bons pêcheurs ? Il en fut attristé et, plus encore peut-être que son ami, il souhaita qu'une belle prise confortât sa place parmi eux.

Il en est du soleil comme de la santé. Il faut des éclipses pour nous rappeler le bonheur de leur présence. Un nuage joufflu et solitaire tira lentement un rideau sombre sur l'eau. Surpris par cet intrus, Célestin et Mathieu, ensemble, levèrent les yeux, vite rassurés de constater qu'il n'était pas l'avant-garde d'un orage imprévu. Pendant quelques minutes une légère brise caressa l'ombre de l'étang, courbant les roseaux, frissonnement végétal auquel répondait une légère irisation de la surface de l'eau. Un juron de Mathieu accompagna sa ligne dans les roseaux ; le temps de démêler, le soleil revenu, l'étang retrouvait son éclat.

Un signe de Mathieu fit comprendre à son ami que c'était l'heure du repas.

Il avait bien fait les choses, et avait pris sans doute autant de soin à la préparation de son panier de provisions qu'à celle de son matériel. S'il n'en fut pas le meilleur, ce fut un bon moment de la journée pour Célestin, habitué à prendre ses repas chez lui ou à la cantine. Il goûta l'exotisme d'un sandwich rôti froid mayonnaise et but un vin que l'amitié avait millésimé à peu de frais.

Après le repas, Mathieu retrouva ses cannes. Célestin, un peu étourdi par le vin, décida de remettre à plus tard l'exploration de l'autre partie de l'étang. Il s'adossa au tronc d'un frêne. Le souffle léger de la brise dans le feuillage découpait les rayons du soleil en éclats vivants sur l'herbe clairsemée.

Il somnola. Des pensées friables traversaient les frontières devenues perméables de sa conscience. Des images glissaient sans effort, en roue libre, dans une anarchie un peu inquiétante pour lui, qui avait l'habitude de s'endormir d'un coup, sans dérives. Par peur d'un sommeil qui amputerait sa journée, il se redressa et reprit ses esprits en regrettant de n'avoir pas apporté quelques mots croisés pour se distraire.

Il suivit des yeux deux corbeaux tournoyant autour d'une buse, l'invitant par de brusques coups de bec à quitter leur territoire. Célestin s'interrogea : l'intruse connaissait-elle seulement les frontières invisibles de leur propriété ? Une loi régissait-elle ce ballet ? Il ne connaissait pas beaucoup le règne animal mais pour Célestin les règles et les codes étaient la base de la vie en société : code civil, pénal, moral, règles de bonne conduite. L'apprentissage et la bonne connaissance de ceux-ci commençaient avec l'éducation donnée par les parents, par l'instituteur et aussi par les expériences de la vie. Une bonne vie se déroulait dans un cadre dessiné par des règles apprises et acceptées une fois pour toutes. Cadre pas trop voyant bien sûr, ni trop rigide, et dont la souplesse déterminait justement tout un art de vivre. Un bon roman par exemple se devait de répondre à une trame invisible au premier chapitre, dévoilée au dernier, tout l'art du romancier se révélant dans la finesse de cette progression.

En revanche, Célestin avait du mal à inscrire la poésie sur son canevas personnel. Certains poèmes pourtant très connus ne trouvaient aucun écho à ses oreilles et le laissaient indifférent. L'entreprise Dubreuil ayant orienté le sens de ses métaphores, il considérait toute forme d'expression artistique comme une huile propre à lubrifier les relations quelque peu mécaniques entre les hommes. Les artistes, êtres malheureux, broyés par les rouages de sociétés toujours plus dures, se sacrifiaient pour le bien commun. S'il ne les enviait pas, il leur réservait pourtant une place honorable dans la grille toujours plus dense du monde : cases noires de destins croisés.

Les oiseaux avaient disparu vers une colline coiffée de légers nuages évanescents qui s'effilochaient pour disparaître et réapparaître à nouveau, bourgeons éclatants dans le soleil, traces d'un doigt invisible, jouets d'une divinité cachée. Célestin observa longtemps ce ballet aérien. Sa pensée elle aussi devenait diaphane, légère, accordée à cette partition céleste. Le frein si longtemps imposé à sa sensibilité et à son imagination lâchait prise. La partie jouée par ces nuages impertinents semblait trop belle pour qu'il n'en soit pas.

Une vision fleurit dans son esprit vagabond. Il les imagina comme de jeunes éclaireurs envoyés par un orage, qui, au sortir du plantureux repas dominical, avait dévoré une énergie considérable. Gonflé d'orgueil, désirant en imposer au soleil dominateur et lui donner une leçon de modestie, l'orage voulait forcer le respect en lançant ses traits de pluie sur terre, en fouettant les arbres. Il savait que les hommes, bien à l'abri, aimaient les orages. Ne voulant pas gâcher leur repos, il avait délégué la jeunesse pour entrouvrir une fenêtre au-dessus de la colline. Il pourrait alors donner son spectacle : faire tonner sa voix, vibrer le sol, éblouir la terre de ses éclairs, déployer un rideau de pluie à la maille épaisse, tissé de grosses gouttes sonores, laissant au creux des herbes des perles de verre jouant avec la lumière.

Les yeux mi-clos, Célestin souriait, surpris de ce plaisir nouveau à se laisser aller, à glisser ainsi dans la déraison pour en goûter le suc inconnu. Bien sûr, les mots croisés lui procuraient du plaisir et il avait souvent ri au cinéma du quartier, mais cette joie nouvelle qu'il éprouvait, il en était l'auteur. Ces images étaient nées de son être même. Il se ressentait créateur, oui créateur par et pour lui-même, d'une fable, d'un mythe, d'un fantasme. (L'amateur de dictionnaires connaissait ce mot mais était-il raisonnable de l'employer ici ?)

Serait-il devenu poète ?

Lentement, son âme, barque chargée de sommeil, naviguait à la dérive, délivrant un flot d'images curieuses sur les plages de sa conscience. Son imagination, si longtemps bridée, prit ses aises dans un rêve plaisant que le dormeur crut diriger. Des contrées nouvelles – friches abandonnées depuis son enfance – s'offraient à sa joie, chaos de mots s'enlaçant dans la douce liberté de leur non-sens absurde. Plaisir de l'entrechoc d'où jaillissent des images folles, cascades de sensations. Vibrations de tout son être, libérant une explosion de bulles légères emportées par la brise pour éclater en mots croisés qui, délaissant leur prison de papier, carrés magiques, se métamorphosent en complexes formes géométriques. Par une simple variation de la pensée, Célestin, maître dans l'art de faire coulisser les cases noires, rejouait instantanément le jeu des mots et des définitions. Des mots qui marchaient maintenant sur la tête. Le chapeau circonflexe du pêcheur, qui le protégeait habituellement du soleil, se renversa, et cette barque improvisée lui permit de continuer sa dérive et d'éviter le naufrage d'un réveil prématuré.

Lentement, Célestin remonta à la surface de son rêve. Il s'éveillait, l'ultime définition d'une dernière grille de mots croisés encore présente à l'esprit : « Sa dame aura piqué plus d'un cœur au bord de l'eau, à l'heure des grillades » / [Le Brochet].

Célestin avait déchiré le voile qui lui masquait les vraies couleurs du monde. Il se découvrait une imagination insoupçonnée. Si sa définition était portée par une phrase élégante, grande était l'audace de son jeu de mots entre la femelle du brochet et les grillades. Lorsqu'il se souvint que le brochet se nommait *pike* chez les Anglais, il comprit qu'il venait de reprendre sa question d'enfant, laissée jadis aux frontières linguistiques, et se demanda quel bon vent cette fois avait pu souffler sur lui durant son sommeil. Il ressentit la joie de celui qui, écartant la brume du monde, en libère enfin une harmonie cachée.

Les rêves le laissaient habituellement inquiet et il se hâtait de retrouver son fauteuil à l'usine. Il se plongeait alors dans la forêt des chiffres pour en faire de belles piles d'un bois scié net, calibré et militairement aligné dans des cahiers auxquels les couleurs pâles des couvertures apportaient une touche d'humanité.

Célestin avait dormi un long moment. Le soleil avait décliné. Le ciel s'était chargé de nuages moins frivoles. En rangs serrés, une armée grise et capitonnée s'était formée à l'horizon, avançant lentement, déterminée à mouiller la campagne. Plus que la menace d'un orage, c'était plutôt la mélancolie d'une pluie régulière et monotone qui s'annonçait en cette fin d'après-midi.

À cet instant il vit Mathieu s'agiter, debout, la gaule pliée, le scion frétillant. Un gardon fut rapidement maîtrisé, vite décroché et embourriché. Célestin à ses côtés admira avec quelle délicatesse il avait ôté l'hameçon de la gueule de sa prise.

Si peu disert d'habitude, il pressa son ami de questions : avait-il pris d'autres poissons, ou au moins avait-il eu des touches ? S'était-il inquiété de son absence ? D'autres pêcheurs étaient-ils passés ? Avait-il une explication sur cette mauvaise pêche ?

Mathieu souligna qu'il n'y avait jamais de *mauvaise* pêche, que la pêche était bonne en elle-même. Patience, attention, concentration et espérance étaient les meilleures armes du pêcheur pour combattre cette notion déplacée de « mauvaise » pêche.

Célestin comprit la remarque de son ami. Prendre du poisson n'était pas le seul plaisir et la finalité de la pêche. Il eut l'intuition qu'une nouvelle règle de vie se proposait à lui.

Il s'assit auprès de son ami qui avait remis sa canne à l'eau ; il fallait se rendre à l'évidence, c'était bien en lui que ces nuages avaient ouvert une fenêtre. S'en étaient échappées des images folles qui auraient dû l'effrayer. Au contraire, elles l'avaient bercé pour finalement l'endormir d'un sommeil peuplé de rêves baroques et drôles, rêves qu'il avait quittés à regret, et qui, pour une fois, ne s'étaient pas refermés en cicatrices douloureuses.

Mathieu l'arracha à ses réflexions, il fallait rentrer, la pluie menaçait. Il libéra alors le gardon solitaire qui, d'un vif mouvement de la queue, disparut pour rejoindre les profondeurs de l'étang où dorment les rêves de tous les pêcheurs.

Avant de monter dans la voiture, Célestin jeta un dernier regard sur l'étang et la petite colline boisée. Il ne savait comment saluer ce lieu paisible dont le calme apparent lui avait donné assez de confiance pour s'aventurer sur des chemins inconnus.

Mathieu resta silencieux sur la route du retour. Sans doute souhaitait-il préserver un peu de la douceur de cette journée, fragile brume dans l'automobile, prête à se dissoudre au moindre mot. Célestin respecta ce recueillement, impatient pourtant de partager son enthousiasme.

La nuit tombait et ils approchaient de Paris lorsque enfin Mathieu lui demanda s'il ne s'était pas ennuyé. Célestin eut du mal à trouver les mots pour lui décrire sa journée. Jamais il n'avait ressenti un tel éloignement entre ce qu'il avait vraiment fait, la balade, la rêverie, son calembour, et l'infinie variation des sentiments, la richesse des impressions laissées dans son esprit par si peu de choses. Il libéra un flot de paroles, des tentatives avortées pour faire sentir que… des circonvolutions, des phrases en forme de loupes pour lire tous les détails d'une journée pourtant si banale. Célestin rit enfin de sa définition et du calembour sur la *brochette*. Ce fut la seule fois où Mathieu voulut l'interrompre, et si personnellement il trouvait le jeu de mots assez médiocre, il aurait pu lui faire remarquer que, s'il y avait bien des morceaux de cœur piqués sur les brochettes, il y avait surtout du foie, des morceaux de bœuf, des tomates et des poivrons, mais, surpris par la bonne humeur de son ami, d'habitude si réservé, il se tut jusqu'à la rue d'Alsace où il déposa un Célestin rayonnant.

Rentré chez lui, Célestin, après un bref repas, se mit au lit. Sur la table de chevet il saisit un cahier où il nota quelques mots, puis il s'endormit rapidement.

Le lundi matin, impatient de raconter à Roger son dimanche au bord de l'eau, c'est d'un pas pressé qu'il gagna les établissements Dubreuil.

Ce fut moins le récit de la modeste prise que la joie visible de Célestin qui impressionna Roger. Rarement le comptable lui avait adressé la parole au-delà des politesses d'usage. Il fallut à Célestin moins de cinq minutes pour gravir les échelons de la camaraderie, du tutoiement et de la sympathie. Celui de la fraternité fut atteint quand sa bonne mémoire lui permit de partager avec Roger – lui-même pêcheur – une partie du vocabulaire retenu de la leçon donnée par Mathieu au bord de l'eau. Maîtriser un vocabulaire savant est une clef pour pénétrer certains cercles aux frontières jalousement cadenassées.

Dix ans déjà que Célestin occupait son poste et pourtant c'était avec des yeux neufs qu'il découvrait les touches personnelles que chacun apportait à son environnement de travail. Ce fut bientôt un plaisir, auquel il s'adonna avec discrétion, que de noter ces détails dont la découverte le réjouissait en secret. La fenêtre de son bureau donnant sur le râtelier, il remarqua par exemple que les ouvriers, unis par des liens familiers, rangeaient leurs vélos côte à côte. Il reconnut le vélo de Roger à côté de celui de son ami Lucien. Les beaux vélos Peugeot, modèles récents des frères Duguet, étaient séparés par ceux de leurs camarades respectifs, les liens de l'amitié parfois plus forts que ceux du sang. À la cantine, il fut ému de voir son voisin sortir de sa poche un couteau au manche de bois noirci par les années et à la lame fatiguée d'avoir été si souvent aiguisée. Combien de pieds de champignons coupés dans les sous-bois, combien de morceaux de pain ce couteau avait-il tranchés pour donner à cet instant, dans le brouhaha de la cantine, un éclair si malicieux dans l'œil de son propriétaire ?

Tout le personnel de l'usine remarqua le changement dans l'attitude du comptable. Le matin, on lui serrait plus volontiers la main et plus d'un se confiait à lui pour des problèmes domestiques qu'il écoutait avec attention et démêlait avec sagesse.

Célestin restait parfois après le départ des ouvriers. Il s'asseyait sur un des bancs qui, en une belle symétrie, étaient disposés aux quatre coins de la cour. L'automne, les jours de pluie, les vieux pavés semblaient se réveiller. Ils luisaient sous la douce autorité des quelques lampes disposées sur les bâtiments, diffusant une lumière fatiguée, jaunie par les années. Il pensait à son père qui, bien avant lui, avait arpenté cette cour. Il aurait aimé sa présence à ses côtés sur le banc et pouvoir lui parler de sujets que la pudeur ne leur avait jamais permis d'aborder ; de sa mère, de la peine causée par son départ. Il aurait aimé connaître son père à son âge, mais il lui était difficile de l'imaginer jeune tant il s'était fondu dans ce costume, toujours le même, austère et triste, fonctionnel et anonyme, qu'il ne quittait jamais. Son fantôme même, s'il était apparu à Célestin à ces moments-là, aurait certainement revêtu cet uniforme.

Il pénétrait alors dans les ateliers déserts. Ce qu'il avait toujours considéré comme un lieu de peine se révélait maintenant tout autre. Les odeurs se distillaient en parfums. La graisse exhalait ses lourds effluves d'huile. Près des machines, les blessures de l'acier libéraient des senteurs acidulées, parfums vifs émanant du tranchant des copeaux. Un peu de sciure apportait une touche campagnarde.

Sur le panneau d'affichage en liège, à côté des instructions et des mesures de sécurité, quelques cartes postales envoyées par un collègue éloigné, un ami ou un membre de la famille. Certaines exhibaient fièrement des timbres de pays lointains qui faisaient rêver les ouvriers. Parfois un simple papier avec un bon mot, ou encore un article susceptible d'en intéresser certains ou de faire la fierté des établissements Dubreuil.

Célestin pensait à tous ces ouvriers qui pendant des décennies répétaient le même geste, avec toujours la même minutie, la même application. Quelques-uns avaient personnalisé leur poste de travail. L'un avait mis le fanion de son équipe de football préférée, l'autre une photo de ses enfants ou de son chien.

Célestin essayait d'imaginer ces vies, se demandant si le labeur souvent répétitif qu'ils fournissaient ici leur permettait de s'échapper de temps à autre pour rejoindre en pensées la famille, les copains ou cultiver discrètement un jardin secret. Il les jalousait. Ne pouvant s'abstraire de ses cahiers pour divaguer, il lui fallait rester concentré sur ses colonnes de chiffres. Il connaissait la solidarité des ouvriers et cela aussi il l'enviait ; sentir la force du nombre, sans calcul.

C'est à cette époque qu'éclata la grande grève de 1936. Les établissements Dubreuil traversèrent cette période troublée sans trop de heurts entre les deux côtés de la cour, Célestin ayant joué un rôle déterminant pour que le dialogue ne fût jamais rompu. Son sens de l'écoute et la confiance que lui témoignaient les ouvriers et l'administration firent de lui le pivot des discussions, le garant du respect de la parole de chacun. Un accord fut vite trouvé entre les parties.

Mathieu lui avait présenté sa famille. Ils n'étaient pas retournés à la pêche, mais plusieurs fois il fut invité chez son ami. Il rendait cette invitation avec joie. Ayant pris goût à la bonne cuisine, il préparait des menus élaborés, suivant à la lettre les recettes de volumineux manuels de cuisine achetés sur les quais. Persuadé que les recettes d'autrefois étaient plus authentiques et plus nobles, il devait souvent courir les Halles pour trouver le produit rare dont l'absence était censée avoir de fâcheuses conséquences sur l'équilibre du goût et l'harmonie des saveurs. Il aimait les Halles et devint rapidement familier des bonnes adresses pour la viande, le poisson et les épices. Il se débarrassa bientôt de ses tuteurs et improvisa quelques plats dont il n'eut pas à rougir.

Il rangea aussi son dictionnaire de rimes, qui l'avait guidé dans ses premiers poèmes. En effet, voulant éviter que cette journée de pêche ne s'évanouisse dans l'oubli, il entreprit d'en évoquer la fraîcheur. Il s'appliqua, d'abord laborieusement, puis avec finesse, à transcrire les émotions ressenties au bord de l'eau. À son retour, il avait rédigé quelques phrases dans un cahier, squelette d'un texte auquel il s'était fait la promesse de donner vie un jour. Un texte en prose d'abord, raboté des crêtes trop descriptives et débarrassé des lourdeurs du néophyte, prit la forme et la musique d'un premier poème léger et plaisant. D'autres suivirent.

Des mois passèrent ainsi. Célestin était heureux. Il avait un peu délaissé les mots croisés pour la poésie, reflet rimé de pensées fines et sensibles qu'il pêchait dans l'écume de sa nouvelle vie. Enfin, il s'était fait une réputation de chef auprès de son ami. Au cimetière Montmartre, Mathieu ne le saluait plus que par *Chef !*, ce qui le flattait.

Puis vint Rose.

Rose était serveuse au *café du Quai*, rue d'Alsace, au bas de l'escalier, le long de la gare. Célestin y avait pris ses marques. S'il n'était pas un familier, il était reconnu et on lui apportait son café et son journal dès qu'il s'asseyait sous l'énorme tête de taureau, trophée poussiéreux d'une corrida, là-bas dans le Sud. Au zinc, des chauffeurs de taxi partageaient leurs anecdotes. Célestin aimait les écouter. Il en tirait des historiettes, poèmes sans rimes, mettant en scène ces héros nocturnes inconnus, noctambules fatigués, maris jaloux ou gagnants aux courses.

Charles, le vieux serveur aux gestes mécaniques, le regard usé, partit à la retraite. Un lundi, une jeune silhouette avait repris son plateau. Le corps et le geste souple, elle évoluait parmi les tables avec aisance, en vraie professionnelle qu'elle n'était pourtant pas. Il sut bientôt qu'elle avait fait des études de latin, interrompues pour se consacrer à son père, habitant du quartier, aujourd'hui malade et seul, auquel elle apportait l'assistance et le réconfort de sa présence.

Elle avait accepté provisoirement cette place au *café du Quai*, afin de se rapprocher de lui.

Célestin modifia ses habitudes pour se rendre au café de bonne heure. La présence de Rose, sa légèreté et sa bonne humeur étaient un peu de vie qu'il emportait chaque matin au bureau.

Bientôt, les simples mots entre client et serveuse firent place à des échanges plus libres, et, quand le service le permettait, à de véritables conversations.

Un jour, Célestin l'impressionna en donnant une définition de la grille de mots croisés qu'il s'appliquait à déchiffrer :

Ne se file que s'il est parfait [l'amour].

Elle répondit par une sentence latine :

Amor et melle et felle est fecundissimus [L'amour est miel et fiel].

Il récita l'un de ses poèmes naïfs, poème à tiroirs, dont le double sens érotique la fit légèrement rougir :

Au déclin du jour, enivrée de nectar l'abeille s'égare
Repue de pollen elle rejoint l'essaim ;
Elle est comme cet amant éperdu d'amour qui part
Pour retrouver l'aimée et caresser les siens.
Oh ! qui chantera la peine des cœurs désunis ?
… et la solitude de l'abeille perdue dans la nuit.

Enfin, elle lui apprit que, chez les Grecs anciens, l'abeille désignait parfois les poètes, comme ce Xénophon surnommé l'*Abeille athénienne*.

Un matin, voulant percer les sentiments de la serveuse, Célestin fixa ses yeux bleus. Mais n'arrivant plus à accommoder ses paroles à ce regard inquisiteur, celui-ci perdit le naturel, la neutralité et la juste distance que l'on se doit de respecter dans une conversation ordinaire. Il s'était perdu au cœur des pupilles de celle qu'il venait de rêver à ses côtés, qui riait maintenant de le voir bafouiller.

Une invitation à dîner fut lancée pour le vendredi de la semaine suivante. Célestin se donna le temps d'élaborer un menu, de courir les Halles et surtout de faire partager sa joie à Mathieu. Il attendait des conseils de son ami, prenant soin dans l'élaboration de ses questions d'inclure les réponses attendues : *necroistupasque* en formule magique où l'on gagne à tous les coups.

Le jour venu, son appartement était méconnaissable. Le désordre chaleureux qui régnait habituellement dans les trois pièces avait disparu. Les quelques bibelots hérités de son père avaient retrouvé leur place habituelle sur la cheminée. Quelques claques avaient réveillé les coussins assoupis du canapé. Le lit qui bâillait d'ordinaire dans l'attente de son occupant montrait désormais la rigueur d'une couverture sans un pli, douce armure protégeant l'intimité des draps et la mollesse des oreillers. Le fumet délicat d'un plat sommeillant à feu doux flattait les narines. Dans l'assiette un cadeau attendait Rose.

La sonnette retentit à l'heure convenue ; le cœur de Célestin vibra à l'unisson.

C'était la première fois que Célestin voyait Rose sans son tablier. La serveuse avait disparu avec l'uniforme, une femme se tenait devant lui, chez lui. Des souvenirs anciens refirent surface. L'appartement ne semblait pas avoir gardé traces du désaccord passé. Était-ce la bonne humeur de Célestin ce soir-là, chaque pièce, chaque meuble, chaque objet semblait accepter une nouvelle présence féminine et attendre Rose en amie. La patère reçut le manteau, et l'assiette vide le présent qu'elle lui destinait. Cadeaux déballés en symétrie, anxiété partagée, bonne humeur du choix parfait et du plaisir sincère. Un recueil de sentences latines pour Rose, une anthologie de la poésie moderne pour Célestin. Posé au milieu de la table, le bouquet de fleurs fut le témoin privilégié de ce premier acte réussi.

Célestin était satisfait de son repas, tout se déroulait comme il l'avait prévu : les plats appréciés, le vin honoré, le dessert savouré-malgré-la-faim-calmée, le café aussi-bon-qu'au-café. La discussion elle-même avait pris les chemins balisés par Célestin : en pente douce, sans heurts, ils gravirent sans difficulté les paliers qui mènent de la sympathie à la cordialité, de la connivence à la complicité. Plus haut, caché par le nuage de la pudeur, celui de l'intimité n'était pas encore inscrit au menu de Célestin.

Quelques annonces de départ de trains résonnaient, nasillardes, depuis la gare en contrebas, aiguillant la conversation vers de nouvelles destinations. Des noms de villes de l'Est furent évoqués avec la tonalité du rêve et du possible, chacun espérant secrètement la présence de l'autre à ses côtés : Nancy, Strasbourg, Salzbourg, Berlin, Budapest…

Plusieurs heures passèrent ainsi mais il était tard, une heure qui rendait la présence de Rose… embarrassante. Prolonger ce moment aurait dissipé le nuage de la retenue, et ils ne le souhaitaient pas, pas ce jour-là.

Au-dessus de la porte, un crucifix observait ce jeu de l'amour. Rose leva la tête, l'aperçut et regardant Célestin lui demanda soudain :

— Êtes-vous croyant ?

Célestin sentit un gouffre s'ouvrir devant lui. Quelle réponse donner à une question qu'il ne s'était jamais vraiment posée. N'ayant pas évoqué ce sujet au *café du Quai*, il ignorait si Rose elle-même était croyante. Sa réponse risquait de briser le lien fragile, mais si précieux, qui avait commencé à se tisser entre eux. Il vit un piège se refermer sur lui. Dans cette incertitude, aucune issue. Si Rose avait demandé « Êtes-vous catholique ? » ou « Êtes-vous chrétien ? », il aurait pu répondre par l'affirmative. Il avait été baptisé, avait fait sa première communion, se coulant tout naturellement dans un héritage familial. Mais, posée ainsi, la question découvrait un terrain sur lequel il ne s'était jamais aventuré.

Qu'il dise *oui* ne pouvait souffrir l'à-peu-près, le ton aurait dû avoir la fermeté d'une conviction que Célestin n'avait pas. C'était bâtir sans fondements.

Il coupa court et promit à Rose d'en parler la prochaine fois, soulignant ainsi l'évidence d'une nouvelle rencontre, tout en oblitérant par avance ce futur d'une discussion dont il redoutait qu'elle ne soit déterminante pour leur avenir.

Après son départ, la pièce et la cuisine rangées, Célestin se mit au lit, partagé entre le bonheur de cette soirée pleine de promesses et la béance ouverte par la question de Rose.

Il se demanda quelle réponse il aurait pu apporter. Il se vit enfant, à l'église, récitant avec ses camarades « Je crois en Dieu tout-puissant, créateur du ciel et de la terre… » mais ce souvenir lointain ne s'accompagnait d'aucune certitude.

Répondre *non* faisait de ce crucifix un simple objet décoratif parmi ceux dont il avait hérité, conservé en souvenir ou par habitude, mais sans autre valeur pour lui. Dépouillé de la foi qui lui donnerait sens, il n'y avait là qu'un morceau de bois. Le garder à titre de décoration n'était-ce pas faire preuve d'irrespect à l'égard d'un symbole sacré ? Et qu'en serait-il si Rose était croyante ?

Répondre *peut-être* était évidemment exclu.

Renvoyer à Rose sa question et adapter sa réponse aurait trop souligné que le chien suivait le maître sans conviction.

Bientôt, un bouquet d'interrogations, fleurs aux effluves vénéneux cueillies sur les chemins du doute, empoisonnèrent Célestin et l'empêchèrent de trouver le sommeil. De ce Dieu tout-puissant, dont le Fils était mort sur la Croix, qu'en était-il vraiment ? Croyait-il à l'Enfer et au Paradis ? Pourquoi un seul Dieu ? Nombreux, comme ceux des Grecs et des Romains, n'auraient-ils pas été plus proches des hommes ? Le pardon, pouvait-on l'espérer pour tous les péchés ?

Il se rendait compte qu'il avait bâti sa vie en endossant le costume paternel, et voilà que la solidité de l'édifice, si facilement habité, se fendillait, que tout, d'évident, devenait incertain. Il avait accepté cet héritage paternel sans en avoir fait un inventaire sérieux, ce crucifix en témoignait.

Lentement les fleurs du doute se fanèrent, et Célestin put enfin s'endormir pour une nuit sans rêves.

Le lendemain, il lut dans le journal l'annonce de l'enterrement au cimetière Montmartre d'un député, membre de fondations et d'une longue liste d'associations, conseiller auprès de ministres, homme multimédaillé à la guerre comme dans le civil. Si tout le petit monde si important fréquenté par l'illustre défunt venait lui rendre un dernier hommage, la journée de Mathieu serait bien chargée. Célestin décida d'aller au cimetière, pour lui demander de l'aide, espérant que son ami aurait l'oreille plus attentive que le prêtre de l'église où il ne se rendait qu'à Noël, par tradition, et qu'il ne connaissait pas.

Au jour dit, le cortège était impressionnant : voitures à cocardes, élus en écharpe, proches en pleurs et discours interminables pour celui qui était aujourd'hui le meilleur d'entre tous. Mathieu s'assurait que les tombes voisines de l'illustre personnage ne fussent pas piétinées par les éplorés les plus éloignés, soucieux de voir de leurs propres yeux le cercueil disparaître dans la fosse fraîchement creusée. Il faisait régner l'ordre dans son cimetière avec une attention et une mesure toutes professionnelles.

Quand tout fut consommé, la dernière voiture partie, il ne resta plus que les fossoyeurs s'activant avec leurs pelles. Mathieu entraîna Célestin *Chez Léonard*, prépara quelques verres et déboucha une bouteille. C'était la tradition de partager avec les employés des Pompes funèbres le verre de l'adieu ; adieu au défunt tout autant qu'adieu à la journée de travail. Une fois vidée, on avait l'habitude de trinquer tous ensemble avec la bouteille, à la santé de tous les morts, en faisant tinter les verres sur ce nouveau cadavre.

Une fois seuls, Mathieu ressentit tout de suite la gêne de son ami dont la pomme d'Adam s'agitait plus qu'à l'ordinaire. Les effets du vin délièrent bientôt la langue de Célestin et c'est dans un mélange d'exaltation et de confusion qu'il lui fit le récit de sa soirée avec Rose et lui exposa le malaise qui le troublait tant.

Que son ami puisse ainsi être bouleversé par une question si banale surprit Mathieu. Lui-même s'était confronté à la question de la foi et avait retourné, une fois pour toutes, ce *pourquoi ?* en *pourquoi pas ?* position plutôt confortable qu'il avait adoptée pour sa plus grande tranquillité. Célestin ne partageait pas ce point de vue : être tranquille ne pouvait être un but. Il expliqua que c'était justement pour avoir pris le risque de quitter le chemin tout tracé par son éducation qu'il trouvait aujourd'hui plus de plaisir dans la vie. Quand Mathieu lui dit gentiment qu'il occupait la même place que son père au travail, il fut surpris d'entendre Célestin lui répondre que, certes, il l'occupait physiquement, mais dans un autre esprit. Il était moins un pion dans la hiérarchie de l'usine qu'un collaborateur dans une équipe d'hommes et de femmes avec qui il partageait des journées agréables et avait su transformer cette routine en plaisir. Il fallait donc qu'il remette aussi en question ce crucifix reçu en héritage et réfléchisse à cette difficile question de la foi pour pouvoir donner à Rose une réponse franche et jouir d'un futur sans ombre.

Dubitatif, Mathieu se sentit démuni face à la détresse de son ami. Il avait sympathisé avec un prêtre, venu célébrer des funérailles quelques années auparavant. Ce dernier s'était montré curieux du travail de sculpture du gardien. Aujourd'hui il officiait dans l'évêché de Grenoble, au sanctuaire de La Salette, et Mathieu avait reçu une lettre l'invitant à lui rendre visite dès qu'il le pourrait. Il proposa à son ami de le rencontrer et Célestin en fut soulagé. Ils décidèrent de mettre à profit une fin de semaine du mois d'août pour se rendre auprès du Père Anselme dans ses montagnes du Dauphiné.

Célestin devint moins assidu au *café du Quai*, prétextant une surcharge de travail. Plusieurs semaines passèrent ainsi. Il avait été entendu que Rose ne pouvant le recevoir pour dîner chez son père, dont la santé s'était dégradée, lui seul pouvait renouveler l'invitation.

Le jour du départ, il prit son café et fit à Rose la promesse d'un nouveau repas chez lui, très prochainement. Son sourire l'accompagna toute la journée jusqu'à l'heure du train.

Célestin et Mathieu se retrouvèrent à la gare de Lyon. Un train de nuit les laisserait le lendemain après-midi à Grenoble.

Mathieu sourit de voir son ami dans un accoutrement montagnard. Il avait délaissé la valise pour le sac à dos et les mocassins pour de solides chaussures de marche en cuir. Le pantalon était serré à mi-mollets sur de grosses chaussettes grises à maille épaisse ; promesse de chaleur bien inutile pour les pieds du Parisien en ce mois d'août.

Le train attendait ses passagers. Célestin était fasciné par cette mécanique poussive, pistons, cheminées fumantes, vilebrequins, roues dentées et roulements à billes géants.

Sachant qu'il s'éloignait rarement de la capitale, Mathieu laissa volontiers la place près de la fenêtre à son ami. La grosse horloge de la gare marquait vingt heures trente quand le sifflet du chef de gare ordonna au train de libérer la vapeur.

Le voyage fut sans histoire. Célestin, perdu dans ses pensées, regardait défiler dans la lumière du soir un paysage monotone, puis, les yeux dans le vide, il se laissa envahir par des images du passé, souvenirs glissant devant ses yeux sans raison, dans une belle anarchie.

Il aimait ces moments intimes. Il n'y avait pas de logique dans cette cascade d'images. Il n'en cherchait pas le fil, pensant que c'était là la récréation de son âme, son moment de liberté, insoumise à sa volonté, dévalant la pente de son inconscience en roue libre, sans maître et sans sujet.

Passant du coq à l'âne, chaque image jouait à saute-mouton avec la précédente. Célestin bloquait parfois la roue de cette grande loterie. Après avoir déterré la pépite, il fouillait le terrain dans l'espoir d'avoir une vue plus large sur ce moment passé, d'en retrouver le goût et d'en savourer la nostalgie. Malheureusement, la pépite brillait seule dans les ténèbres de l'oubli et les efforts pour trouver le filon étaient rarement récompensés.

Il se demandait parfois : qu'est-ce que la mémoire ? d'où viennent les souvenirs ? Il s'interrogeait sur ce phénomène incompréhensible qui nous indique ce que nous cherchons, avant même de le retrouver. Une hiérarchie s'établissait donc à son insu entre ce qui serait gardé en mémoire, et ce qui en était effacé, oublié, perdu. Il s'attristait de la disparition de tous ces fragments de vie : émotions, sensations, goûts, parfums, musiques, espoirs.

Parfois, il décidait de fixer quelque moment plaisant. À la manière de l'enfant voulant imprimer ses pas dans le sable humide pour éviter qu'ils ne s'effacent, il fermait les yeux et restait quelques instants en suspens, concentré. Immanquablement, quelques heures après, ne subsistait que le souvenir de l'effort lui-même. Du tableau si plaisant qu'il souhaitait conserver dans son musée personnel, il ne restait plus qu'un trou, un trou de mémoire.

Bercé par le train, il suivait les lignes électriques le long de la voie, et s'amusait de les voir se diviser soudain, bifurquant vers d'autres cieux en dansant comme des vagues ondulant au rythme régulier des rails. Valse à trois temps où les aiguillages apportaient parfois une variante accompagnée d'un léger vacillement des épaules. Il aimait la sonnerie aigre et grelottante des passages à niveau à peine entendue et déjà perdue à l'arrière du train. Plaisir des yeux qui ne cherchent rien et se laissent passivement captiver par ce cinéma ferroviaire monotone et permanent.

Célestin regardait son ami lutter contre le sommeil, son cou fléchissant lentement jusqu'au désagrément. Il se redressait brusquement, et, invariablement, cédait à nouveau, la bouche entrouverte puis béante dans le plus grand abandon, jusqu'au prochain sursaut. Quel rêve pouvait habiter un sommeil si intermittent ? Étaient-ce une réminiscence des révérences faites par le gardien à chaque cortège, ou le long défilé des cercueils qui accompagnaient le rêveur ? Cauchemar professionnel.

À l'approche de Grenoble, les Alpes surgirent à l'horizon. L'énergie encore contenue dans leurs pics griffait une couronne de nuages d'une blancheur éclatante. Le souvenir des monts d'Auvergne, lorsque enfant il rendait visite à son oncle, forçait la comparaison. La mollesse et la rondeur des volcans endormis suggéraient que le feu, autrefois présent, brûlait maintenant dans les glaciers alpins. Les coulées de lave s'étaient métamorphosées en avalanches bruyantes et fumantes. Dans une fulgurance, Célestin pensa que, au contact de ces montagnes, une transmutation allait s'opérer. Le feu de sa jeunesse laissé autrefois dans la vieille contrée volcanique était prêt à ressurgir et cette nature sauvage lui instillerait force et courage pour affronter son questionnement intérieur.

Le train arriva en gare de Grenoble. Ils avaient une heure avant qu'un autocar les emmène pour une nuit à Corps, antichambre du sanctuaire. Les deux amis mirent à profit cette attente pour faire une promenade. Ils furent attirés par la rivière, centre de gravité des villes coupées au fil de l'eau. Les eaux grises de l'Isère rendaient à la Seine une virginité insoupçonnée aux yeux des deux Parisiens. Ils s'en félicitèrent, trop heureux, devant la beauté indéniable des montagnes environnantes, de trouver là un élément de la suprématie de leur capitale sur cette ville de province.

À l'heure du départ, ils rejoignirent la gare routière. Les bagages dans le ventre du car, on roulait maintenant le long du Drac, eau vive teintée du vert laiteux de la neige fondue. Un amas de branches, souches et racines enchevêtrées, arrachées aux berges, délimitait un lit dont la largeur laissait supposer des crues violentes. Après Vizille, l'autocar grimpa sur le plateau de La Mure par une rampe vertigineuse. Il longea des terrils, témoins de la souffrance des mineurs, gigantesques fourmilières coniques, montagnes en réduction, artificielles et sans charme. Après une heure de lacets, ils arrivèrent enfin à Corps et rejoignirent l'*Hôtel des Postes*, face aux montagnes.

Sur une terrasse un apéritif leur fut servi. Intimidés par le lieu, ils parlèrent peu, préférant goûter l'air pur et vif qui, à cette heure, descendait des flancs des massifs, chargé de la fraîcheur des sommets.

Ils dînèrent dans une vaste salle sans caractère. Quelques photographies accrochées aux murs rappelaient aux hôtes l'environnement montagnard. Sur l'une d'elles on devinait la silhouette d'un chamois, au loin, se découpant sur un ciel sans nuages. Des vues du sanctuaire donnèrent à Célestin et Mathieu un aperçu de ce qu'ils verraient là-haut le lendemain. Ils essayèrent de discerner, parmi les personnes attablées, les clients d'un jour trouvant là une étape sur leur route, les randonneurs facilement reconnaissables à leur teint hâlé et ceux qui, comme eux, se rendaient sur le lieu saint.

Le menu, sans être gastronomique, proposait quelques plats régionaux, illustrés en marge de la carte par des vignettes naïves.

Puis ils gagnèrent leur chambre.

Dans l'obscurité, les pensées de Célestin, sur le chemin de La Salette, s'alourdirent à l'approche du sanctuaire, et il s'assoupit.

Il rêvait.

Il évoluait sous l'eau limpide d'un lac délimité par les montagnes alentour, nageant sans effort au-dessus du sanctuaire. Croisant des poissons multicolores à têtes d'hommes, il reconnut quelques passagers du bus et Mathieu dont la bouche s'ouvrait et se refermait lentement, psalmodiant une prière inaudible. Un banc de poissons, têtes coiffées d'un heaume, et marqués d'une croix sur les flancs, semblait partir pour la croisade.

Tout au plaisir de se propulser ainsi d'une montagne à l'autre, Célestin décrivait de grands cercles élégants, danseur subaquatique caressant la cime des sapins – sensualité de son corps fluide échappant à la gravitation.

Un poisson-lune couronné d'une mitre lui expliqua que la fonte des neiges éternelles des plus hautes montagnes avait formé ce lac. Le bain qu'on y prenait donnait à chacun la joie de s'affranchir du poids de sa chair et de sa conscience. Eau céleste aux divines propriétés, l'onde, par l'alchimie de ce bénitier géant, abolissait le temps : chaque instant dans le cercle comme un début et une fin, flux d'une respiration – inspiration et expiration d'un souffle divin.

Ce fut un pur délice jusqu'au moment où, croisant de nouveau son ami, il se rappela la raison de sa présence dans ces montagnes. La question qu'il portait en lui comme une rayure sur un disque empêchant la spirale de se dérouler à l'infini. Cette répétition perdit son charme, devint monotone et lassante, vertige angoissant. Insidieusement, son expérience d'enfant qui lui avait fait perdre le sens des mots lui revint en mémoire, mais ce n'était plus seulement une pomme qu'il allait perdre ! Il lui fallait retrouver son corps (le dormeur changea de position), ressentir une douleur, une seule petite douleur pour le sortir de ce cercle infernal et de cette répétition mortifère ! Remonter à la surface, en percer la membrane immatérielle pour sortir un bras hors de l'eau maudite et se confronter à l'Orage !

Ce fut Mathieu qui lui secoua le bras pour le réveiller : le car partait à huit heures.

Troublé par son rêve, Célestin mit plusieurs minutes à reprendre ses esprits ; enfin, douché et coiffé, il retrouva son ami pour le petit-déjeuner.

Mathieu, peu disert, semblait morose. Regrettait-il sa proposition d'emmener Célestin à La Salette, et de le présenter au Père Anselme ? Peut-être craignait-il que la singularité de ses questions n'embarrassât le Père et ne vînt ombrager les relations amicales qu'il entretenait avec lui ?

Dans l'autocar, ils reconnurent quelques clients du restaurant ; d'autres visiteurs et pèlerins avaient également pris place. Une femme âgée au visage résigné ne lâchait pas la main d'une enfant pâle aux joues creusées par une maladie dont La Salette représentait sans doute la dernière chance de guérison. Les deux amis en furent émus et partagèrent secrètement leurs espoirs.

Toujours prompt à sonder les mots pour en révéler les sens cachés, Célestin sourit en pensant que, en quittant Corps, il allait élever son âme.

L'autocar avait été spécialement carrossé. Le toit était bâché et, après une demi-heure d'une route vertigineuse, le chauffeur s'arrêta au sortir de la forêt pour libérer le regard de ses passagers. Ils pouvaient maintenant embrasser l'ensemble du paysage. Le ciel était pur, les distances abrogées par la limpidité de l'air, les sommets à portée de main. Les pics s'enflammèrent un à un, chandelier minéral au feu du soleil accompagnant la foi des pèlerins en route vers La Salette.

Un dernier virage, et enfin le sanctuaire apparut, accroché au bord d'un précipice. Face au cirque des montagnes, il semblait en capter le rayonnement puissant.

Le Père Anselme les attendait sur le parc à voitures. Alors qu'il s'attendait à rencontrer un homme d'âge avancé, Célestin fut frappé par sa jeunesse et s'inquiéta. Celui qui allait l'aider à charpenter sa foi était si jeune et semblait si fragile. Ne fallait-il pas une longue expérience de la vie pour conforter sa foi ? Comment ce jeune homme, sans doute récemment sorti du séminaire allait-il pouvoir lui apporter des réponses ? Et si celles-ci se trouvaient déjà dans les livres étudiés, pourquoi être venu ici ?

— Mon Père, je vous présente Célestin, dit Mathieu.

Le Père dévisagea Célestin et fut rassuré de ne déceler aucun stigmate de ces exaltés, nihilistes agressifs, toujours prêts à enfoncer un coin dans le mur de la certitude. Le regard de cet homme semblait plutôt inquiet et, s'il ne pouvait en deviner les vraies raisons, cela le rassura sur le porteur d'une question qualifiée par son ami de *sérieuse*.

Les touristes, pèlerins d'un jour, se dispersèrent. Le Père leur indiqua les lieux ouverts aux visiteurs et les quartiers réservés aux moines. Il donna rendez-vous à Célestin à onze heures précises dans le hall d'entrée. Il leur offrit enfin une brochure sur l'Apparition et leur conseilla d'attendre un peu pour découvrir les lieux saints et la source miraculeuse. En effet, les touristes se rendaient immanquablement à la statue de *la Dame qui pleure* pour rejoindre le lieu même de l'Apparition, où s'érigeait la statue de Marie et des deux jeunes bergers. Ils s'arrêtaient ensuite à la source avant de visiter le monastère et d'acheter des souvenirs. S'ils patientaient un peu, ils pourraient certainement profiter du site dans le calme et la solitude.

Suivant ces conseils, les deux amis trouvèrent un banc, dos au monastère, orienté vers les montagnes, surplombant le précipice qui ferme le cirque du sanctuaire. Les pentes de schiste noir brillaient au soleil ;

aucun nuage pour adoucir les arêtes enneigées qui se découpaient comme autant de déchirures sur la toile bleutée du ciel. L'air frais emplissait les poumons, une nouvelle jouvence, un feu glacé qui purifiait le sang. Si ce n'est un village perché au loin que l'on distinguait mal, aucune trace d'humanité à l'horizon, sentiment de nudité devant cette puissance minérale. La respiration devenait difficile et perdait l'évidence de son rythme ; après un moment d'affolement, elle reprenait sa régularité discrète. Ils se rapprochèrent inconsciemment l'un de l'autre.

Une buse surgit, les ailes déployées, planant doucement le long de la pente, frôlant les longues herbes peignées par la neige de l'hiver. L'extrémité de ses plumes jouait avec les airs, doigts d'un pianiste accordant son vol à la partition du vent. Après quelques passages, au regret de Célestin et Mathieu, elle disparut derrière une falaise. Ils restèrent assis un long moment sans parler ; une cloche sonna dix heures, ils se dirigèrent vers le sanctuaire.

Le Père avait raison, les visiteurs avaient pour la plupart disparu. Seules, la femme âgée et sa petite malade priaient devant *la Dame qui pleure*. Une grande tristesse baignait ce lieu et Célestin, ignorant tout de ce qui s'était déroulé ici il y avait près de cent ans, se demanda pourquoi Marie pleurait. Quel chagrin roulait dans ses larmes ? De quoi souffrait-elle ? N'était-ce donc pas une félicité que d'être au Paradis ? La perfection pouvait-elle manquer… de perfection ?

N'y avait-il pas là un paradoxe ? En quoi les hommes pouvaient-ils aider la Vierge à sécher ses larmes ?

Célestin s'abîmait dans ses pensées. Il suivait Mathieu empruntant le sentier creusé par des générations de touristes venus dans ces montagnes à la recherche d'une émotion spirituelle que lui-même ne ressentait nullement. L'œil fixé sur les chaussures de son ami, il se demandait si toutes celles qui les avaient précédées ici n'avaient pas fini par piétiner toute transcendance, par écraser tout sentiment. Mathieu s'arrêta, Célestin leva les yeux, ils étaient devant la scène de l'Apparition. Une statue représentait Marie avec une curieuse couronne, en maîtresse d'école devant deux élèves.

En quoi ces apparitions pouvaient servir la foi ? Fallait-il des preuves pour la fortifier ? Étions-nous si faibles pour que l'Au-Delà nous fasse parfois signe afin de ne pas désespérer ? Une fois encore, n'était-il pas paradoxal *de voir* pour croire à l'invisible ? Le vent de La Salette n'avait pas besoin de ce subterfuge pour décoiffer Célestin.

Perdu dans ses pensées, il fixait la rouille qui commençait à ronger les soudures de la statue de la Vierge, une lame d'un des bancs qui entouraient la scène était cassée, la poubelle un peu à l'écart n'avait pas été vidée.

Plus tard, il se souvint d'avoir parlé avec Mathieu durant leur périple, mais il était incapable de se rappeler le moindre mot échangé. La conversation devait avoir été tellement banale, tellement conforme à celle répétée par les milliers de visiteurs avant eux, que leurs propos s'étaient effacés.

Ils arrivèrent enfin à la source miraculeuse. Là encore des questions sans réponses, questions douloureuses qui accablaient Célestin. Pourquoi distribuer des miracles comme ces récompenses faites aux bons élèves ? Cela n'est-il pas infantilisant ? Et si cette eau est miraculeuse, pourquoi ne profite-t-elle pas à tous ? Qui sera noyé ? Qui sera sauvé ?

La lumière qu'il était venu chercher semblait s'être éteinte, soufflée par cette avalanche de questions. Il eut le sentiment qu'il lui serait plus aisé de capter l'âme du monde, en fixant un seul brin d'herbe au vent, s'inclinant devant la puissance de la Création, que de ressentir la moindre émotion devant cette source.

L'heure du rendez-vous approchait et il se sentait perdu. Les questions se succédaient, pertinentes et destructrices, vagues amères qui le révoltaient, tant elles avaient emporté si facilement le peu de certitude dont il se croyait pourvu.

Il se présenta au Père Anselme dans le plus grand abattement, l'œil hagard. Il le suivit dans une petite pièce au sobre mobilier et s'assit en face de lui. Après les mots et les remerciements d'usage, le Père – avec dans les yeux cette bonté toute particulière à ceux qui, conscients d'avoir le cœur large, vous en offrent bien volontiers un coin pour y déposer une partie de votre fardeau – lui dit :

— Mon fils, Mathieu m'a fait part d'un bonheur récent et d'un souci qui vous retient d'en accueillir les bienfaits, il a eu la gentillesse et la confiance de me désigner comme la personne susceptible de vous venir en aide. Puisse le Seigneur permettre que je sois à la hauteur de vos espérances. Je vous écoute.

Célestin ne savait plus par quel bout prendre le fil de ses questions que le circuit récent dans le sanctuaire avait embrouillées en une belle pelote. Il prit un raccourci :

— Mon Père, comment peut-on être certain de croire en Dieu et d'avoir la foi ?

Un silence. Ce n'était donc ni un nihiliste ni un incrédule venu le provoquer sur l'authenticité de l'Apparition que le prêtre avait en face de lui, mais plutôt un naïf qui dans son ignorance posait les questions les plus complexes. Lui-même avait accepté la Grâce divine et passé dix ans au séminaire à déchiffrer la grammaire de la foi. Il s'était fixé le temps restant de son existence pour en acquérir la juste syntaxe. Et pourtant se sentait-il toujours certain qu'au crépuscule de sa vie, se présentant devant son Créateur, Celui-ci serait bien là ? Ce doute le taraudait parfois pour exalter son espérance, et voilà que cet inconnu, par sa question, en affûtait l'aiguillon.

Il choisit d'instiller le doute au cœur de sa réponse. Prenant la table à titre d'exemple, le prêtre souligna d'abord que l'on ne pouvait pas « croire » ou « ne pas croire » à cette table. Ils avaient la certitude qu'elle était bien là devant eux, on ne pouvait en douter. À l'inverse, c'était bien parce que l'on n'avait aucune certitude de Dieu que nous n'avions d'autre choix que de « croire » en lui ; on ne peut « savoir » Dieu mais on peut avoir foi et espérance en Lui. Douter de Dieu, c'est déjà affirmer, en creux, son existence. Le Père souligna l'indispensable valeur de cette incertitude, première marche qui ouvrait au questionnement. C'était également sa force, par son ombre portée sur l'humanité, de rapprocher les hommes. Le doute était le moteur de l'espérance et peut-être même de l'amour.

Célestin se remémora ces longues heures passées au catéchisme. Distrait comme il l'était enfant, et peut-être inspiré par les glaciers environnants, le souvenir d'une image de son encyclopédie décrivant un iceberg le fit sourire. La partie immergée dans les sombres eaux du doute était comme le soubassement indispensable à l'épanouissement de la pointe plus modeste mais visible de l'amour et de l'espoir.

Enfin, le Père Anselme ne put s'empêcher de faire une critique sévère du matérialisme et de son masque scientifique, pauvre peinture sans âme d'un ciel déchiffré en formules chimiques dont les anges avaient déserté la place en ces temps d'incrédulité. Il conclut en lui suggérant de conserver précieusement son questionnement, signature d'un esprit justement sensible à l'espérance, pensant que l'homme, par cette fenêtre entrouverte, pourrait un jour accueillir la Grâce.

Il lui prit la main, l'assura de ses prières prochaines et le bénit. *Amen.*

Célestin resta quelques instants silencieux, puis le Père se leva, marquant la fin de l'entretien. Célestin le remercia de son aide et du réconfort apporté par ses paroles ; il sortit rejoindre Mathieu. En vérité, d'aide et de bienfait, à cette heure, il n'était pas sûr que les paroles du prêtre lui en aient apporté, il était trop tôt pour le dire. Mais celles-ci s'étaient gravées dans son esprit, et il se promit d'en juger plus tard.

Mathieu l'attendait, assis sur le rebord d'un muret. Il avait l'air contrarié et lissait sa moustache avec application. Il apprit à Célestin qu'une panne d'autocar les retiendrait au monastère jusqu'au lendemain. La pièce détachée ne pouvant être livrée avant le soir, ils dormiraient sur place. Le monastère se chargeait de prévenir et rassurer familles et employeurs. Un cahier circulait déjà pour noter les coordonnées des personnes à informer de ce contretemps.

Une cloche annonça l'heure du repas de midi. Le réfectoire réunissait une cinquantaine de personnes, parmi lesquelles ils reconnurent des passagers du car. Célestin remercia Mathieu de l'avoir introduit en ce lieu ; par pudeur ce dernier ne posa aucune question quant à sa conversation avec le Père Anselme. Il se fit seulement la remarque que son ami semblait toujours absent et préoccupé.

L'après-midi, ils regardèrent un documentaire réalisé en technicolor, aux vues aériennes saisissantes. Le commentaire, lyrique, pointait que « le monastère semblait suspendu au-dessus de l'abîme, intermédiaire symbolique entre le vide vertigineux de l'impiété et les sommets majestueux de la foi » et filait la métaphore en soulignant que « telle une nef conduite par la main de Dieu, la basilique bravait la désolation de ces montagnes arides ».

Plus tard, Célestin manifesta le désir de se retirer dans sa chambre. Il était fatigué et avait hâte de s'allonger pour parcourir le petit livret reçu du Père Anselme.

C'était le récit officiel de l'Apparition, avec l'imprimatur de l'évêché. La plaquette avait été rédigée par le curé de Corps et reproduisait les « documents authentiques », en particulier la relation de Pra, maître de Mélanie, qui, dès le lendemain des faits, avait scrupuleusement noté le récit de la jeune bergère. Célestin apprit que si la Vierge Marie était apparue aux deux jeunes paysans Maximin et Mélanie, c'était pour leur délivrer un message. Elle s'épuisait à retenir le bras de son divin Fils décidé à frapper les hommes qui ne respectaient pas le repos dominical et blasphémaient son nom, en particulier quand ils trouvaient des pommes de terre gâtées. La lettre, dictée par la Vierge aux deux enfants et rédigée dans un langage rustique, amusa Célestin qui lut à voix haute : *Si la récolte se gâte ce n'est rien que pour vous autres, je vous l'avais fait voir l'année passée par les pommes, mais vous n'aviez pas fait cas que c'était au contraire quand vous trouviez des pommes de terre gâtées vous juriez et vous mettiez le nom de mon fils au milieu.* Enfin, on lisait le résumé d'un différend né des réticences du curé d'Ars quant à l'authenticité de l'Apparition ; résumé finement argumenté, contre les doutes du célèbre curé.

Célestin restait songeur. Ainsi les larmes de la Vierge étaient le signe d'une fatigue. La représentation qu'il se fit de la scène, Là-Haut, d'une mère aux prises avec un fils en colère, sous l'œil inquiet d'un père autoritaire, lui sembla… humaine, trop humaine.

Ce voyage ne lui apportait décidément pas le réconfort espéré. Il sentait sa détermination faiblir et la volonté d'éclaircir ses idées, quant à la présence d'un crucifix chez lui, était prête à s'envoler et à rejoindre cette buse libre, débarrassée des noirs corbeaux qui la persécutaient.

Après tout, sa question pouvait-elle se poser ici, le vent de l'Esprit ne soufflait-il pas trop fort pour cela ?

Encore absorbé par les paroles du Père, il ne se sentait toutefois pas la force d'en extraire le sens. Dans un demi-sommeil, sa pensée rejoignit Paris, son petit appartement et Rose pour qui il préparait le repas. Malheureusement, les pommes de terre, les meilleures des Halles, réputées pour le gratin dauphinois s'étaient gâtées elles aussi. Il s'assoupit, sans jurer de rien.

Mathieu frappa doucement à la porte et proposa une marche apéritive. Célestin aurait accepté n'importe quelle initiative de son ami tant il se sentait vidé de tout désir.

Le soleil avait disparu tôt, continuant sa course au loin, caché par les montagnes. Ils marchèrent en silence, mais la fraîcheur du soir ne tarda pas à les inciter à rejoindre le monastère. Ils visitèrent la boutique d'objets religieux, habituel étalage de cartes postales, de baromètres décorés, de flacons vides « que le pèlerin remplit lui-même à la source miraculeuse », de médailles bénites, et aussi de ces boules qu'une main vigoureuse transformera bientôt en microcosme neigeux, enfermant *la Dame qui pleure* à 600 francs le petit modèle et, à 750 francs, le plus grand : *la Basilique en hiver*. Une musique suave diffusée par un haut-parleur accompagnait le client dans son choix.

Un repas fut servi, aux frais des établissements propriétaires de l'autocar. Ils rejoignirent ensuite leurs chambres.

Dans la pénombre, les yeux de Célestin suivaient sur un mur de sa chambre le déplacement d'une silhouette, reflet d'un homme marchant dans la cour éclairée par un réverbère. L'ombre n'est pas l'homme, pensa-t-il ; pourtant elle était sous ses yeux et il avait la certitude qu'à la fenêtre il verrait un homme… ou une femme – il fallait bien que le doute subsistât, comme l'avait dit le Père Anselme. Demain, il allait quitter ce lieu, bredouille et dépité. Pourtant, s'il fallait repenser aux paroles du Père, c'était bien ici, à La Salette. À Paris il serait trop tard, il les aurait sans doute oubliées.

Il voulait savoir, être sûr, obtenir des preuves, être dans la vérité. Le Père n'avait parlé que de doute et d'incertitude, allant même jusqu'à glorifier cet entre-deux. C'était le monde à l'envers. Et gare à celui qui voulait vraiment savoir, il en perdrait le Nord ! Pourtant, *être* chrétien, c'est *avoir* la foi. Plût au Ciel que l'esprit divin souffle sur ces verbes *être* et *avoir* si tyranniques, et façonne un verbe intermédiaire, quel repos pour les hommes !

Célestin continua à errer sur les chemins brumeux de sa réflexion, bientôt réveillé comme s'il avait bu tout le café du *café du Quai*. Il se leva et s'habilla chaudement pour aller respirer un air salvateur.

Au passage, dans le vestibule, il vit un chapelet abandonné, pendant au dos d'une chaise. L'image de la ligne cassée à l'étang, accrochée à la vieille souche avec son bouchon et ses plombs tristement suspendus au-dessus de l'eau, lui revint. Le souvenir de cette journée au bord de l'étang lui apportait du réconfort et l'intuition qu'il ne quitterait pas le sanctuaire sans l'ébauche d'une réponse ou au moins l'indication d'un chemin.

Dehors il faisait sombre et Célestin ne distinguait pas bien les montagnes. La lune n'était pas encore levée, un halo lumineux devançait son apparition derrière l'Obiou, le sommet le plus élevé du massif. Durant la journée il avait remarqué un sentier bien tracé menant au plus haut d'une colline, d'où une croix dominait l'ensemble du cirque. Il avait lu dans la brochure qu'elle était parée des instruments de la Passion. Il décida d'aller voir cette croix et profiter ainsi, dans la solitude de la nuit, d'un point de vue dégagé sur le site.

Pendant l'ascension, l'une des cornes d'un petit croissant de lune surgit enfin et Célestin s'arrêta. Il ne voulait pas manquer le court moment où elle allait être posée en équilibre sur la pointe d'une montagne, girouette au sommet d'un clocher, avant de s'élever lentement, mue par un fil invisible dans le ciel moucheté d'étoiles.

Il repensa au chapelet abandonné. Sans la main pour l'égrener, celui-ci, comme ce fil de pêche cassé, ne prendrait rien. Il se souvint de la remarque de Mathieu qu'il n'y avait pas de « mauvaise » pêche. Pourtant, pêcher tous les poissons de l'étang ou revenir bredouille systématiquement, aucun pêcheur ne pouvait l'espérer. Pêcher, c'était mettre en œuvre, dans cet entre-deux, tout un savoir-faire de patience, d'espoir et de connaissance ; art parfois récompensé, parfois non. Il fallait accepter l'incertitude. La comparaison était osée mais Célestin pensa que la croyance aussi avait peut-être ses limites. Entre l'insoutenable extase du mystique, ivre de transcendance, et le désespéré au cœur absolument sec et insensible à la plus discrète des harmonies célestes, un immense domaine se déployait, où l'homme cultivait depuis la nuit des temps les germes qui pouvaient donner sens à sa vie. Célestin pensa à toutes ces religions qui avaient bâti leurs temples ou planté leurs tentes dans ces espaces. Il se rappela son livre d'histoire *Albert Malet* sur l'Antiquité et la mythologie des anciens ; la naissance du monothéisme et les tissus colorés et variés dont s'étaient drapées toutes les religions. Chacune comme une greffe portée au fil des siècles sur le même tronc enraciné dans le sol de l'espérance.

Perdu dans ses réflexions, il arriva à la croix et s'y adossa après avoir remarqué, à son pied, une inscription : PATERNOSTER. D'un côté un marteau, de l'autre une tenaille se découpaient en ombres chinoises effrayantes sur le fond du ciel, la tenaille prête à mordre les chairs et le marteau à enfoncer des pointes, comme des outils préparés pour un chantier ou abandonnés, suggérant que le corps à supplicier n'était pas encore là, ou peut-être déjà décroché.

Au loin, en contrebas, le monastère ressemblait à un jouet oublié. Aucune lumière pour rappeler la présence des hommes. Pourtant, les murs du monastère abritaient des moines qui priaient peut-être en silence, tendus vers l'invisible présence de Dieu, des touristes plus ou moins croyants, des anonymes venus dans ces montagnes pour se retirer d'un monde auquel ils ne trouvaient plus de sens. Célestin pensa que tous les degrés de la foi devaient être représentés là : du mystique solitaire en parfaite communion avec Dieu au simple catholique à la foi diffuse, héritée de père en fils, venu à La Salette comme à une étape obligée sur la carte des lieux saints à visiter. Il se sentait proche de ces gens. Quelle importance que l'un fût un séminariste érudit, l'autre un simple croyant, que l'un ne fût qu'un jeune prêtre tout en bas de la hiérarchie de l'Église, l'autre évêque ou pape, tous étaient pêcheurs dans les eaux du même mystère.

La lune surplombait désormais le site, sa lueur argentée donnant aux montagnes des éclats métalliques. Levant les yeux, Célestin la surprit à la verticale de la croix, baignant dans un océan d'étoiles dont la voie lactée formait la plus haute vague.

Cette immensité résonna en lui comme l'écho de cet infini qu'il n'avait jamais su approcher. Il ne se souvint pas d'avoir ressenti un jour une telle émotion, un pareil trouble. Enfant, il possédait un livre illustré sur les astres ; les heures passées à rêver avaient gravé à jamais ces pages dans son esprit et il aurait pu, de mémoire, en feuilleter tous les chapitres. Mais seul au pied de cette croix, au cœur de la nuit, devant la splendeur du ciel, Célestin ne rêvait plus. Chaque fibre de son corps vibrait comme ces étoiles et son cœur battait comme un gong céleste célébrant l'harmonie du monde. En une seule volée, toutes les flèches de la métaphysique l'atteignirent : Pourquoi ?

Quelle origine ? À quelle fin ? Bouleversé, il ressentit pourtant une joie profonde : comment aurait-il pu traverser sa vie sans une seule fois se confronter au sens qu'il lui donnait ?

Dans ce chaos, une figure semblait lui faire signe pour lui indiquer un chemin, celle-là même qui l'avait de Paris emmené ici, au milieu de cette nuit étoilée : Rose. Il aurait aimé partager avec elle cet instant unique ; ils ne seraient pas trop de deux pour habiter ces immensités et apprivoiser ce vertige.

C'était la première fois depuis son départ que Rose lui manquait.

Il fut parcouru d'un frisson, signal d'un retour parmi les hommes. En descendant, il ressentit la fatigue escomptée, celle qui lui permettrait de trouver le sommeil. Et, s'il ne dormit pas beaucoup, il se réveilla apaisé.

Il rejoignit Mathieu pour le petit-déjeuner, qui lui apprit que l'autocar n'était pas encore réparé et qu'ils partiraient dans une heure environ.

Mathieu décida d'en profiter pour discuter avec le Père Anselme.

Célestin se rendit à la bibliothèque, repérée la veille. Il poussa doucement la porte et fut immédiatement enveloppé et séduit par l'ambiance studieuse du lieu. Des moines en robe, penchés sur leur table de travail, prenaient des notes ; des laïcs, certainement chercheurs ou étudiants en théologie, lisaient en silence. Personne ne semblait avoir remarqué son arrivée, mais, si l'un ou l'autre avait levé la tête, aucun des lecteurs ne parut surpris. Ce lieu d'étude n'était manifestement pas public, et sans doute l'avait-on pris pour un séminariste égaré.

À gauche de l'entrée, deux vieux fauteuils en cuir détonnaient dans le mobilier plus sévère de la bibliothèque. Célestin choisit un fort volume consacré à *l'Art sacré dans le monde*, parmi un choix de journaux, de revues et de beaux livres illustrés. Il s'enfonça dans la douce profondeur d'un fauteuil. L'ouvrage, divisé par continents, reproduisait des masques africains ou japonais, des totems d'Amérique du Sud. Dans les chapitres consacrés aux peintures des maîtres européens, Célestin admira les couleurs lumineuses et sans doute fidèles restituant leur noblesse à ces chefs-d'œuvre : Giotto, Véronèse, Léonard de Vinci, Tiepolo… Célestin feuilletait l'ouvrage avec lenteur, lisant les titres des œuvres et les courts commentaires qui en soulignaient l'intérêt et l'originalité. S'y succédaient les Annonciations, les Vierges, les Baptêmes, les Anges et les Christs en croix : toute la richesse de l'imaginaire chrétien défilait sous ses yeux. Une seconde partie était consacrée aux croix sculptées et aux retables. Une double page ingénieusement pliée proposait une reproduction du grand retable d'Issenheim, œuvre de Matthias Grünewald. Un commentaire, sous les initiales J.-K. H., en décrivait les panneaux dans un vocabulaire abscons aux adjectifs inconnus de Célestin.

La page suivante montrait un retable en diptyque, visiblement très ancien, dont le cadre central était vide, avec deux volets s'ouvrant à la manière d'une fenêtre.

Sur la partie gauche figuraient un homme et une femme, un serpent, et un arbre portant un fruit. Sur la droite on devinait le Christ recevant le baptême entouré d'autres personnages : un homme guidait un âne portant une femme et un nouveau-né. Enfin, la scène champêtre d'un laboureur creusant quelques sillons, un oiseau perché sur l'épaule. La peinture avait pâli avec le temps et il était difficile d'en apprécier les détails. Le travail des vers avait fait son œuvre sur le volet gauche. D'évidence ce n'était pas là l'œuvre d'un maître, la technique utilisée était fruste et l'ensemble accusait une certaine naïveté. Pourtant Célestin eut l'intuition qu'il devait s'attarder sur cette page. Il lut le commentaire avec attention et apprit que ce retable avait été découvert en Allemagne au milieu du XIXe siècle, lors de la restauration du château de Castalie près de Coblence. Il datait certainement du XIIIe siècle et son auteur était inconnu. La partie gauche devait symboliser l'Ancien Testament, la droite le Nouveau. La scène de la Tentation était représentée de façon classique : Adam et Ève de chaque côté de l'arbre de la connaissance du Bien et du Mal, la pomme dans l'arbre, le serpent à son pied. La partie droite intrigua Célestin. D'après le commentaire, Joseph guidait un âne monté par Marie et son enfant, et, dans la vallée du Jourdain, Jésus recevait le baptême.

Sans l'annotation qui en donnait la traduction, Célestin n'aurait certainement pas remarqué un curieux détail dans la scène du laboureur : les sillons creusés étaient en fait trois sentences latines, soigneusement calligraphiées, créant l'illusion d'une terre retournée. Le soc de la charrue comme une plume pour écrire dans la terre. Le texte avait la particularité de se lire dans la continuité et de ne pas revenir à la ligne : *Qui addit scientiam, addit et laborem. Dubium sapientiae initium. Nosce te ipsum.* « Qui augmente son savoir augmente ses peines – Le doute est le début de la connaissance. – Connais-toi toi-même ».

L'auteur ne donnait aucune explication sur la symbolique de ce retable, suggérant qu'il s'agissait sans doute de l'œuvre d'un élève, une sorte d'exercice.

Célestin ne tourna pas la page et resta songeur. Ces sentences sur le savoir et la connaissance lui rappelaient sa conversation avec le Père Anselme et semblaient lui indiquer de reprendre le chemin de ses réflexions cette nuit au pied de la croix.

Le Père avait bien compris que Célestin ne pouvait donner suite à une relation amoureuse pourtant prometteuse, s'interdisant de cueillir les fruits d'une terre pourtant déjà bien labourée. Cette nuit, Rose s'était imposée comme la seule personne avec qui il aurait aimé partager ce divin vertige de goûter aux espaces infinis et aux questions fondamentales. Questions qui lui apparaissaient maintenant comme universelles, comme le socle de toutes les religions du monde et dont l'ouvrage sous ses yeux reproduisait certaines représentations artistiques.

La question de Rose qui l'avait amené ici fut soudain dissoute, ou plutôt elle avait pris une dimension plus cosmique. Après son éblouissement au sommet de la colline, il était certain qu'il ne croyait peut-être pas en un dieu tout-puissant mais aux forces invisibles, et qu'il pouvait maintenant en capter le sens : celui de se connaître lui-même, de se faire confiance et, s'il avait pensé à Rose dans ce moment si particulier, c'était bien vers elle qu'il devait aller.

Rose avait demandé : « Êtes-vous croyant ? » Il pouvait maintenant lui répondre qu'il ne savait pas, qu'il était dans le doute. C'est en cherchant une réponse marquée du sceau de la certitude qu'il n'avait pu lui déclarer ses sentiments. Il lui fallait reconnaître son amour pour Rose et accepter d'*avoir la foi sans le savoir* ! Tout était dans cette phrase si simple.

Il en avait eu le pressentiment, il ne quitterait donc pas La Salette sans réponse ; même si, en fait, c'était moins une réponse à sa question qu'il avait obtenue que la disparition de celle-ci.

Le savoir augmenterait sa peine, le doute le guidait vers Rose et il avait appris à se connaître.

Sur le chemin du retour à Corps, Célestin surprit son ami par sa bonne humeur, il plaisanta même lorsque l'autocar évita de justesse dans un virage une motocyclette qui roulait à vive allure vers le sanctuaire, évoquant là un pénitent bien pressé de se confesser, s'il ne cassait pas sa pipe avant !

Le retour à Paris fut sans histoire, le train de nuit berça les deux amis pour les déposer frais et dispos en gare de Lyon.

Aux établissements Dubreuil, sa courte absence n'était pas passée inaperçue et son séjour à La Salette, révélé par l'appel téléphonique du monastère, avait laissé penser au personnel que le comptable, atteint d'une maladie incurable, avait cherché le divin secours. La direction ne fit aucune remarque. Sa bonne humeur et son teint frais témoignant du succès de sa démarche, chacun, athée ou non, contracta en son for intérieur une assurance avec le sanctuaire… on ne sait jamais.

Rose fut heureuse de le trouver déjà à sa place au *café du Quai*. Le malaise créé par son attitude passée se dissipa et elle mit sur le compte d'un surcroît de travail ou d'un conflit dans l'entreprise, voire d'un problème de santé, la distance qu'il avait prise avec elle depuis quelque temps.

La semaine passa dans une parenthèse qui se referma lorsque la porte de Célestin s'ouvrit pour laisser entrer une Rose épanouie.

À table Célestin lui expliqua qu'il revenait d'un voyage avec un ami, Mathieu, qu'il languissait d'ailleurs de lui présenter. Il l'avait accompagné dans les Alpes, à La Salette où Mathieu s'était promis de retrouver un prêtre qui officiait maintenant au sanctuaire de l'apparition mariale. Il prit grand soin dans le choix des adjectifs destinés à transmettre toutes les émotions ressenties dans ces montagnes. Rose qui ne connaissait pas les Alpes écoutait Célestin avec la plus grande attention, les yeux fermés, essayant de capter un peu de la fraîcheur de son récit.

Sans faire mention de ses motivations, ni bien sûr de son entretien avec le prêtre, il lui parla de sa découverte, dans la bibliothèque du sanctuaire, de la reproduction d'un curieux retable et de la matérialisation si originale de trois sentences. Elle sourit, puis rappela que le soc des charrues découvrait parfois des pièces de monnaie dans les sillons et que, si *la parole est d'argent et le silence est d'or*, ce laboureur incarnait la richesse de la sagesse proverbiale.

Célestin se félicita d'avoir si justement fait silence sur les vraies raisons de son voyage, le crucifix n'ayant pas même été évoqué durant la soirée.

Enfin, il posa sa main sur celle de Rose, mettant ainsi le point final au prologue de leur destinée pour en ouvrir le premier chapitre.

Rose le présenta à son père qui malheureusement mourut peu après, avec la certitude que sa fille serait heureuse.

Elle emménagea rue d'Alsace et abandonna bientôt le *café du Quai* pour terminer ses études et obtenir son diplôme. Elle enseignait maintenant dans un lycée parisien, essayant de transmettre à ses élèves son goût pour le latin.

Ils allèrent au cinéma, au musée, et fréquentèrent des restaurants étoilés. Ils aimaient aussi l'opéra mais plus encore le théâtre. Célestin assista à plusieurs représentations du *Bourgeois gentilhomme*. Une réplique de Monsieur Jourdain laissait chaque fois dans son esprit une impression de familiarité sans qu'il en comprenne la raison.

Rose n'était pas croyante ; ils n'allèrent jamais à la messe. Célestin conserva pendant quelques années les paroles du Père. Ses propres réflexions au pied de la croix gardèrent leur énergie dans son esprit, puis lentement son questionnement faiblit pour rejoindre le *pourquoi pas ?* de Mathieu, pari qui, de son vivant au moins, ne fut jamais perdu.

Célestin fit toute sa carrière aux établissements Dubreuil. Il traversa la guerre sans accrocs, affecté aux services des renseignements, au département « du chiffre » où l'on apprécia sa capacité à décoder les messages secrets de l'ennemi.

La paix revenue, ils firent les voyages en train dont ils avaient rêvé. L'Italie fut leur première destination.

Ils se rendirent à Pompéi en hiver.

À l'approche de Naples, le Vésuve apparut soudain, couronné de neige. Des nuages se formaient au sommet. Couchés par un vent opportun, ils donnaient au volcan l'illusion d'avancer, croisant le train de Célestin qui s'en amusa.

Voir de ses yeux un volcan en activité, fenêtre ouverte sur le cœur de la terre, impressionnait Célestin qui interprétait cette éruption dramatique comme une leçon d'humilité. Prométhée avait déposé sur cette luxueuse ville romaine une couverture des cendres de son feu pour que les hommes visitant ce lieu de désastre le gardent en mémoire. Qu'ils ne transforment pas la terre en enfer, et laissent enfin les dieux à leur place, sans chercher à les défier.

Son idée semblait bonne. Lorsqu'ils virent les fantômes pétrifiés par la cendre, Célestin eut une pensée pour son père, dont le corps avait lui aussi été enfoui par un déluge de feu. La glaise des tranchées en avait-elle gardé l'empreinte ?

Ils déambulaient sur les trottoirs de la ville morte, essayant d'en imaginer l'agitation passée, s'arrêtant parfois pour rêver devant une statue ou une fontaine.

Lors de la visite de la villa des Vettii, Célestin médita longuement devant une peinture représentant un Amour sur un char tiré par deux poissons. Il avait déjà vu des tableaux où figuraient deux chevaux ailés attelés à un char, allégorie de l'âme guidant Passion et Raison, mais des poissons ! Il se demandait comment interpréter cette scène et sourit au souvenir de Mathieu appelé par sa passion tous les dimanches au bord de l'étang du Grand-Passage. Qui pêche qui ?

Durant leur périple, Rose s'amusait à traduire les inscriptions visibles sur les fragments de marbre ou les graffitis sur les murs. Sur une colonne de la grande palestre, ils furent émus de voir le nom d'*Arepo*, qui les liait aujourd'hui, apparaître ici dans un carré énigmatique – *Sator Arepo Tenet Opera Rotas* –, gravé tant de siècles auparavant par la main anonyme d'un Romain au temps de la *Pax romana.*

Rose ne sut en donner la traduction.

Pendant toutes ces années, Célestin remplit des cahiers de poèmes naïfs souvent lyriques, parfois drôles ou érotiques ; il s'essayait aussi à l'absurde et au surréalisme. Les cahiers abritaient ces poèmes sous des couvertures colorées.

Rose parcourait parfois, au hasard, cette mosaïque née de l'imagination de son mari.

Les titres des cahiers étaient tracés au crayon : *Étangs* et *Nuages* (cahiers vert et gris) rassemblaient des poèmes bucoliques sur la campagne ; *Taxi* (jaune) des anecdotes sur les noctambules ; *Voix lactées* (blanc) était le recueil préféré de Rose par l'humour, l'absurde et les distorsions que Célestin faisait subir au sens de certains mots ou à la morale des fables de La Fontaine : la tortue prenait un chemin de traverse pour se rendre au café et les enfants du laboureur découvraient dans le jardin paternel un trésor propre à assurer définitivement leur subsistance.

Par pudeur, le cahier *Rose* qui lui était consacré ne fut jamais ouvert.

Celui en habit noir semblait recueillir les tourments de Célestin : *Morose* rassemblait des poèmes sur sa mère absente, poèmes sur les inquiétudes de son enfance, sur la mort et le mystère du destin et de l'identité. Si Célestin n'avait jamais laissé paraître le moindre malaise existentiel, ce recueil témoignait pourtant d'une personnalité aux prises avec les fantômes familiers qui hantent les chemins de l'incertitude.

Célestin et Rose, le dimanche, déambulaient dans Paris, flânant d'une rive à l'autre, traversant des marchés animés ou s'isolant dans des rues peu fréquentées. Immanquablement ils allaient s'asseoir au jardin du Luxembourg pour observer les Parisiens.

C'est là qu'un jour Rose proposa un jeu en forme de défi à son mari. Elle lui suggéra d'écrire des poèmes dont elle donnerait elle-même les mots rimés. Comme ils regardaient les enfants poussant de leurs bâtons les petits voiliers du bassin central, elle soumit les mots : *Enfant*, *Mer*, *Soufflant*, et, pour rendre à Célestin un peu de sa liberté, elle lui laissa le choix des dérivés du mot … *Liberté*.

Rose était tellement enthousiaste qu'il accepta le défi.

De retour chez eux, Célestin pensa que Rose avait eu une *bonne idée*. Une « bonne idée » occupait une place honorable dans la hiérarchie qu'il établissait sur l'échelle de la réflexion et du savoir. Une Idée devait être marquée du sceau d'une certitude absolue et Célestin se désolait parfois de ne se sentir riche que d'opinions, d'avis ou au mieux de convictions. Avoir une Idée avait quelque chose d'impérial, apanage des grands penseurs ou des hommes d'État. Il admirait cette élite sans toutefois la jalouser, jugeant même que les opinions ou les simples avis, par leur souplesse, permettaient ces petits arrangements avec soi-même, qui rendent la vie plus facile.

« Bonne » était à l'Idée ce que « bien » était au « Je t'aime » de l'amoureux pas tout à fait sûr de son sentiment : trop impressionné devant la majesté de sa déclaration, il en modère ainsi la portée, comme le dièse ou le bémol altère la note.

Célestin s'était toujours étonné que ces adjectifs « bien » et « bon » puissent infléchir le pouvoir d'un mot ou d'une phrase et être même parfois à l'opposé de leur sens premier.

Perdu dans sa réflexion, il y mit un terme par un sonore « c'est bien bon comme ça ! », pensant qu'il fallait commencer à réfléchir à son poème pour relever le défi.

Célestin, avant de les habiller de mots, ressentait les poèmes. Si on parlait de l'âme du poète, c'était plutôt par une manifestation physique qu'ils venaient à lui. Il en avait cherché la source et si le cœur rythmait ses émotions amoureuses, à sa droite, au creux des côtes, un point semblait avoir cet appétit de vivre qui donne envie de repeindre le monde. Il l'avait baptisé son *plexus lunaire*, astre poétique s'il en est. Que Rose vienne s'asseoir à ses côtés sur ce croissant de lune, il ne pouvait que s'en réjouir.

Dès le dimanche suivant, il lut à Rose son court poème :

Quelle puissance le vent soufflant
Dans les voiles du bateau de l'enfant
Pour qu'enfin rejoignant la mer
Du bassin prisonnier il se libère

Rose, ravie, embrassa Célestin ; ils se promirent de renouveler l'expérience.

Rose l'ignorait, mais Célestin, pour son cahier *Voix lactées*, s'amusait parfois à ouvrir un dictionnaire, et les yeux fermés, pointant d'un doigt des mots au hasard, il les assemblait ensuite en un poème absurde ou drôle. Il prenait aussi les premiers mots des pages d'un roman ou encore il utilisait son *coefficient multiplicateur poétique* : des dés, ou quelques chiffres qui le préoccupaient dans sa comptabilité, lui donnaient une série de nombres. Il choisissait alors un mot de son poème et, la face des dés jetés s'immobilisant sur 5, il changeait celui-ci pour le mot figurant cinq mots *après* ou *avant* (selon son humeur), dans son dictionnaire. Le nouveau poème n'avait souvent aucun sens mais il en avait conservé certains pour leur musique ou leur drôlerie.

Il décida de prendre ceux que Rose lui avait imposés et jeta les dés. S'immobilisant sur 3, *Enfer* prit la place d'*Enfant*. Au second jet, *Mère* apparut pour *Mer* (8) puis *Souffrance* (6) pour *Soufflant*. Il hésita, devant cette succession inattendue de mots si déprimants, à imposer à la *Liberté* un si noir traitement. Pensant que ses dés étaient de bien fâcheuse humeur ce jour-là, préoccupé par une erreur de 43 dans une colonne de ses comptes, il abandonna les dés pour faire régresser *Liberté* de 43 places dans son dictionnaire qui se métamorphosa en *Lance*, attribut chevaleresque dont la présence ici amusa Célestin. Le nouveau poème n'avait aucun sens, mais

Dans les voiles du bateau de l'enfer
Pour qu'enfin rejoignant la mère

raviva une blessure qui ne s'était jamais refermée depuis son enfance, plongeant Célestin dans la plus profonde tristesse. Il tenta longuement de faire ressurgir l'image floue de cette mère disparue ; un nuage gris chargé des douleurs de l'amertume déversa enfin sa peine dans son cahier *Morose* :

N'y a-t-il plus grande souffrance
Qu'un cœur percé par la lance
De l'abandon d'une mère
Qui transforme la vie en enfer

Plusieurs années passèrent. Célestin trouvait son équilibre dans ses cahiers où les joies et les peines de sa vie prenaient forme sous les couleurs de sa palette poétique.

L'heure de la retraite de Célestin arriva.

Lors des adieux avec les plus anciens de ses camarades, la nostalgie s'était invitée dans les conversations, donnant aux souvenirs évoqués le parfum de la mélancolie, fleur si délicieusement effeuillée. Après un bref discours dans lequel Célestin évoqua son père, il reçut le cadeau d'adieu des mains du nouveau et jeune directeur, visiblement insensible à l'attachement exprimé par ces vieux ouvriers pour leur usine. La collecte auprès du personnel avait réuni assez d'argent pour qu'un voyage soit offert. Par pudeur, au regret des personnes réunies, il n'ouvrit pas l'enveloppe, assurant que, quelle que soit la destination, il emporterait dans ses bagages le souvenir de tous ceux qu'il avait côtoyés pendant tant d'années, qu'il ne les oublierait pas.

Rose décacheta l'enveloppe dès leur retour rue d'Alsace : le voyage s'intitulait *Au cœur du romantisme, d'un château l'autre au bord du Rhin*. (Dans la liste proposée par l'agence, ils purent vérifier que le romantisme avait décidément du cœur car était aussi proposé *Au cœur du romantisme, les mystères des manoirs d'Écosse.*) Les détails du séjour, à programmer au printemps ou à l'automne, étaient exposés sur une double page illustrée de photographies alléchantes. Il était précisé qu'un train les emmènerait de la gare de l'Est à Coblence. De là un autocar les conduirait de château en château : Ehrenbreitstein, Stolzenfels, Lahneck, une longue liste dont le dernier était Castalie.

...Castalie, La Salette, le diptyque. Tout cela était si lointain. Plus de trente années s'étaient écoulées et pourtant il revoyait chaque moment passé dans ces montagnes du Dauphiné avec Mathieu. Maintes fois la voûte céleste avait tenté de le happer dans les tourments de l'infini, mais jamais avec la force de cette nuit au pied de la croix. À croire que le sceau imprimé dans son âme ce jour-là était indélébile, les mots des sentences du retable continuaient de germer dans les sillons de sa mémoire. Seul le souvenir des propos du prêtre s'était effacé.

Célestin fit part de son émotion à Rose en lui rappelant le diptyque et son curieux laboureur de sentences ; l'ouvrage parcouru à La Salette indiquait qu'il avait été découvert dans ce château.

On approchait de la Toussaint quand ils prirent place dans un wagon réservé par l'agence. S'y trouvaient déjà plusieurs personnes, pour la plupart assez âgées. Certains affectaient une familiarité qui laissait entendre une habitude des excursions en groupe.

En gare de Strasbourg, quelques nouveaux venus s'installèrent dans le wagon. Parmi eux, Célestin et Rose firent la connaissance d'un couple d'enseignants qui allait leur servir de guide.

Hans et Liesel avaient préparé leur voyage avec soin. S'aidant d'un carnet, ils ne manquaient pas d'anecdotes pour égayer ce périple qui devait s'avérer n'être que le déroulement d'un catalogue sans âme : succession de châteaux visités au pas de charge ; répertoire de dates, de siècles, de dynasties ; inventaire de styles architecturaux ; recensement des Princes palatins et autres Chevaliers teutoniques.

Si le romantisme avait bien du cœur, il battait au rythme des arrêts, des départs, des points de ralliement, des boutiques de souvenirs, des photographies, jusqu'à la nausée.

Ils délaissèrent rapidement le groupe qui se pressait autour d'un étudiant payé pour réciter une dissertation sans saveur, parfaitement conforme à leur propre documentation, préférant, à l'écart, écouter ces jeunes professeurs érudits.

Seuls les trajets en autocar dans la campagne apportaient un peu de poésie et de calme, loin de l'agitation fébrile des châteaux. Hans profitait de ces moments pour ses historiettes toujours plaisantes, comme celle de cet éléphant albinos, rapporté à Charlemagne par son ambassadeur auprès du calife de Bagdad Haroun al-Rachid. L'éléphant, nommé Abûl Abbas, accompagnait parfois l'empereur dans ses campagnes militaires pour effrayer les ennemis. Il mourut sans doute au bord du Rhin. Ou encore, à Oberwesel, célèbre pour son écho que les étudiants s'amusaient à interroger : *Qui est le bourgmestre d'Oberwesel ?* Les rochers renvoyaient, d'échos en échos : *… Esel, Esel… … Un âne, Un âne…*

À l'approche de Bingen, Rose rapporta que, pour la célèbre bénédictine Hildegarde, les fleuves naissaient de la mer et irriguaient la terre à la manière des veines du corps humain. Elle prétendait aussi que l'eau du Rhin avait la propriété d'ôter à certains aliments leur nocivité ; mais gare à celui dont le visage entrerait en contact avec elle, il serait alors défiguré.

Célestin appréciait cette complicité avec Hans et Liesel. Il les écoutait, absorbé par ce paysage romantique de vignes et de châteaux, sublimé par les couleurs de l'automne, qui glissait sous ses yeux derrière la vitre de l'autocar.

La dernière remarque de Rose l'ouvrit au rêve de voir le temps lui-même remonter, comme cette eau du Rhin de la mer au fleuve, puis, par les nuages dans le ciel, artisans de ce mouvement perpétuel, du fleuve à la mer. Il sonderait la mémoire du fleuve et verrait peut-être cet éléphant blanc ou ces femmes aux cheveux verts du poème d'Apollinaire que Hans venait de réciter :

Mon verre est plein d'un vin trembleur comme une
[flamme
Écoutez la chanson lente d'un batelier
Qui raconte avoir vu sous la lune sept femmes
Tordre leurs cheveux verts et longs jusqu'à leurs pieds

Malgré le regard insistant de Rose, Célestin n'osa se mesurer à Apollinaire, pour tout l'or du Rhin.

Le circuit s'achevait par le château de Castalie. À côté d'une vieille chapelle moyenâgeuse aujourd'hui en ruines, Castalie était bâti au cœur d'un vaste étang en forme de fer à cheval. À quelques distances, un étang de forme similaire avait initié la légende qu'un cheval ailé, dans sa course céleste, avait pris appui sur ces terres pour se relancer dans le ciel par un nouveau bond prodigieux. Le lieu-dit portait le nom de *Sabots de Pégase*.

Le château en soi n'avait que peu d'intérêt. Ils comprirent rapidement qu'il avait été ajouté au circuit pour des questions logistiques liées aux horaires des trains.

Ils furent désolés lorsqu'à peine descendus de l'autocar on leur proposa de faire le tour de l'étang en barque sans même évoquer la visite du château. Déjà des groupes turbulents s'entassaient dans les embarcations, se lançant des défis pour des courses improvisées. L'étudiant, lui-même, s'étant assuré que nul ne le solliciterait, choisit de prendre place dans l'une d'elles.

Ils gravirent l'escalier menant à l'entrée du château. Parmi les réclames vantant les hôtels alentour, les loueurs de voitures et les randonnées équestres, chacun prit une brochure sur l'histoire de Castalie. Célestin découvrit avec émotion la présence du retable dans la mosaïque des photographies, et il ne put s'empêcher de dire à Hans et sa femme qu'il connaissait cette œuvre d'art.

Les précédents châteaux proposaient une pièce censée avoir été occupée par le Seigneur. Castalie ne dérogeait pas à cette règle, suggérant aux visiteurs de s'imaginer un instant dans les habits d'un hôte des lieux. Le lit à baldaquin, la petite table et son plumier, l'armure et le bouclier avec sa croix noire faisaient illusion ; une paire de poulaines négligemment oubliées sur un tapis laissait penser que le châtelain n'était pas loin. Les quatre amis sourirent de la naïveté de cette mise en scène.

Un pigeonnier, alignement de niches, de perchoirs symétriques et d'une multitude d'ouvertures dans les murs épais, avait été déserté par ses habitants depuis longtemps : aucune trace de fiente, pas même une plume. Il était difficile d'imaginer l'agitation qui avait dû régner dans ce lieu malgré une ambiance sonore qui, en boucle, portait aux oreilles des visiteurs les bruissements d'ailes et les roucoulements des pigeons ; écho fantomatique d'une énergie volatilisée.

En haut des escaliers de la tour, Célestin, impatient, écarta un épais rideau pour pénétrer enfin dans la pièce où était exposé le retable. Il fut surpris de le trouver de dimensions aussi modestes. L'endroit était sombre. L'œuvre était isolée et mise en valeur par un discret filet de lumière. Émus, après un moment de recueillement, ils se rapprochèrent de la vitrine pour ne manquer aucun détail. Ils ressentirent cette impression de rusticité et d'amateurisme qui avait frappé Célestin autrefois. Hans lut à haute voix le commentaire, histoire résumée du chevalier Lauscher, de l'ordre des Chevaliers teutoniques, bâtisseur du château en 1234.

Devant épouser la fille d'un riche seigneur, il se rendait pour la première fois auprès de sa promise, lorsqu'il fut surpris par un terrifiant orage en longeant l'étang. Trouvant refuge dans une petite chapelle, priant pour sa vie, il fit la promesse, s'il en réchappait, de prendre l'habit des Croisés au sein de l'ordre des Teutons et de faire bâtir sa demeure à proximité de cette chapelle. On apprenait, dans un désordre peu à l'honneur des rédacteurs, qu'il avait livré bataille contre les Sarrasins, avait rapporté un fragment de la vraie Croix, avait été défiguré par un coup de sabre et, enfin, avait introduit dans son pays l'usage des pigeons voyageurs. Une seule allusion au retable indiquait qu'il avait été peint par le chevalier à la demande de son épouse. Le commentaire, signalant la présence des sentences dans les sillons du laboureur, en donnait la traduction. L'oiseau posé sur son épaule était un pigeon, allusion aux pigeons voyageurs que le chevalier avait élevés à son retour de croisade.

Ce commentaire apportait des éléments différents de ceux que Célestin gardait en mémoire, mais cela n'avait fait que piquer sa curiosité. Il quitta la pièce à regret et tous gravirent les dernières marches de l'escalier aboutissant à une terrasse où ils purent admirer le paysage.

Le point de vue dominait l'étang. À quelques centaines de mètres, un autre étang, similaire dans sa forme et son orientation, donnait effectivement l'illusion d'empreintes de sabots. Au cœur de celui-ci, un complexe commercial et un parking. Surmonté d'une enseigne aux couleurs agressives représentant un fer à cheval : un casino. Muets, leurs regards se portèrent au loin, essayant d'imaginer le lieu dans les siècles passés. Une mer de roseaux entre les deux étangs captait les derniers rayons du soleil couchant, les épis s'inclinant au léger vent du crépuscule, comme une armée de pénitents se désolant de la stupidité de leurs descendants.

Pour leur dernier repas, ils réservèrent une table à l'écart du groupe. Le couple d'enseignants faisait là sa première – et dernière – expérience de circuits organisés. Sensibles à l'histoire de l'Antiquité, ils avaient, comme Rose et Célestin, visité Pompéi dont ils gardaient un souvenir ému. Lorsque Rose évoqua le carré magique, *Sator Arepo Tenet Opera Rotas*, où apparaissait le nom *Arepo*, Hans leur promit de faire des recherches.

Dans le train, après avoir quitté le couple en gare de Strasbourg, Célestin et Rose s'absorbèrent dans la lecture des brochures touristiques. Rose remarqua qu'en marge du prospectus sur le château de Castalie une note mentionnait la source des informations : *Leben und Schicksal des Ritters Lauscher*, Frankfurt am Main, Suhrkamp Verlag, 1966. Célestin s'en réjouit, ce retable l'avait interpellé il y a longtemps et il aurait voulu tout connaître de la vie de son auteur. Et voilà qu'un ouvrage récemment paru pouvait peut-être étancher cette soif.

Le livre n'avait pas été traduit et il fallut patienter plus d'un mois pour qu'enfin le libraire annonce à Célestin qu'il pouvait passer prendre l'ouvrage commandé chez l'éditeur allemand. Il attendit le retour de Rose, qui enseignait encore, pour déchiffrer la couverture et la courte préface de cet ouvrage bilingue latin-allemand.

Le livre était assez court. La préface indiquait que le texte avait été récemment découvert, relié avec une autre vie de Croisé, celle de Villehardouin. À l'occasion du déménagement de la bibliothèque d'un couvent de dominicains, des délégués de l'Ordre eurent pour mission de feuilleter tous les volumes et de vérifier la concordance des couvertures et des textes. En effet, il arrive parfois, pour des ouvrages restaurés et reliés dans les siècles passés par des artisans ignorant le latin, que des couvertures aient pu être interverties, voire, plus rarement, de découvrir des textes inédits, passagers clandestins, ayant voyagé dans le temps sous des habits d'emprunt. Ainsi en était-il de cette *Relation en Terre Sainte du Chevalier Lauscher, chevalier croisé de l'Ordo Domus Sanctæ Mariæ Teutonicorum, seigneur de Castalie* qui ne représentait, en soi, que quelques pages de l'ouvrage. La préface précisait encore que l'auteur n'était pas contemporain des faits, mais un lointain descendant du chevalier et que cette relation avait été rédigée en 1520 sur la foi d'archives transmises par les générations qui s'étaient succédé au château. Suivait une longue introduction érudite sur la fondation de cet ordre en 1198 et la vie politique du XIIIe siècle.

Tous les soirs, Rose lisait un passage à Célestin qui, pour tromper son impatience, avait cuisiné et dressé la table.

Les récits des Croisés sont souvent édifiants et la destinée de ce chevalier était hors du commun. Rose prit le parti de traduire une première fois pour elle-même ce latin rude et peu littéraire dont l'éditeur allemand, dans un souci scientifique, n'avait pas même corrigé certaines fautes manifestes. S'aidant des notes, elle étoffait et adaptait la relation du chevalier Lauscher.

« Le seigneur Lauscher descendant d'une longue lignée de nobles naquit à Coblence en 1202. Il fut promis à la belle Mechtilde, qui lui apporterait en dot les terres convoitées de Castalie dans la Hesse. Se rendant pour la première fois auprès de sa belle, le seigneur fut surpris aux abords des étangs des *Sabots de Pégase* par un orage titanesque. La foudre frappant sans relâche, le seigneur trouva refuge sous l'auvent d'une petite chapelle. Priant dans le vacarme du tonnerre, il mit son âme entre les mains de Dieu. Redoublant de violence, une rafale de pluie lui fit relever la tête, il vit alors dans le ciel deux immenses éclairs, formant au-dessus de la chapelle une croix éblouissante. Le fracas de la foudre assourdit le seigneur qui, déchiffrant le céleste message, promit de prendre l'habit des Croisés s'il réchappait de cet enfer, promettant encore de bâtir ici même son château s'il revenait de ces lointains pays.

La violence de l'orage décrut au point du jour ; l'aube vit le seigneur reprendre sa monture et repartir vers son domaine pour honorer sa promesse. »

Célestin retrouva ses impressions d'enfant, lorsque son père, à l'heure du coucher, lui lisait les aventures de missionnaires en Afrique, les récits des Nouveaux Robinsons Suisses ou les vies des grands découvreurs. Chaque nuit avant de s'endormir, il peignait sur la toile de son imagination de grandes fresques à la gloire de son héros.

« Le seigneur Lauscher, intronisé Chevalier teutonique, se rendit en territoire latin en 1228 pour soutenir Frédéric II Hohenstaufen après avoir informé sa promise de ses engagements. Les États latins étaient alors en paix avec les Sarrasins. La mission des Templiers, comme des Chevaliers teutoniques, se limitait à l'administration d'hôpitaux et d'œuvres de charité. Cette sixième croisade n'était pas portée par l'esprit guerrier des précédentes. Au contraire, Frédéric II animé d'une volonté pacifique faisait régner sur les États latins la concorde qu'il espérait pérenne. Pourtant, une place forte résistait et le chevalier Lauscher fut missionné comme ambassadeur. C'est ainsi qu'après une longue marche sous un soleil de plomb il se rendit aux portes de Manbaâ Moqaddas un soir d'été 1231. Un conflit d'ordre religieux entraînait de grandes tensions dans la communauté, divisée entre Catholiques romains et Mahométans. La cité possédait un morceau de la vraie Croix, celui-là même que Saladin avait, en 1187, pris à Guy de Lusignan qui l'emportait avec lui dans tous ses combats. Cette relique était au cœur des divisions entre les Chrétiens, et les Fidèles intransigeants. Certains prônaient de remettre le Saint Bois entre les mains de l'évêque de Jérusalem, d'autres de le conserver. Le chevalier était accompagné dans sa mission par un interprète érudit et lettré, Mathias III de Toulouse, cousin d'un célèbre Templier héros de la prise de Saint-Jean-d'Acre en 1191 lors de la troisième Croisade. Né à Jérusalem il avait fondé un hôpital qui soignait indifféremment Chrétiens et Mahométans, dont il connaissait parfaitement la langue et les mœurs. Il avait aussi la charge d'un cimetière où étaient enterrées les dépouilles de ceux que la maladie avait réunis dans cet hôpital. »

Lorsque Rose cessa sa lecture, Célestin resta silencieux quelques instants. La vie du Chevalier teutonique lui semblait familière. La veille déjà, à la lecture du premier chapitre, l'étang et cette croix dans le ciel qui avait forcé le chevalier à renoncer provisoirement à un amour plein de promesses avaient retenu son attention. Cet ambassadeur et son interprète, engagés dans un conflit plus religieux que militaire, ce Mathias enfin, et son implication dans un cimetière, accentuait son malaise. Bien qu'il essayât de s'en amuser, il était troublé par ces coïncidences.

« L'arrivée du chevalier, soupçonné de perfidie, ne fit qu'aggraver les tensions. Une rixe éclata bientôt entre les partisans des deux camps. Soucieux de montrer l'impartialité de Frédéric II, son ambassadeur tenta de s'interposer au moment où un Mahométan, brandissant son cimeterre, s'apprêtait à transformer une simple démonstration de force en un bain de sang. Le chevalier Lauscher fut gravement blessé au visage : il perdit son nez et un morceau de la joue.

Soigné, sa seule consolation fut de voir les esprits se calmer et sa place confortée dans le rôle pacificateur qui lui était dévolu.

Des pourparlers commencèrent dont les échos parvenaient à Jérusalem par l'entremise de pigeons porteurs de messages. Émerveillés par cette invention, prometteuse pour le secours des villes assiégées, l'ambassadeur et son interprète demandèrent à visiter le pigeonnier. Le maître du lieu expliqua que pour contrer d'éventuelles attaques de faucons, et avoir l'assurance de réussir la mission, il envoyait deux oiseaux messagers. Un conteur donna de cet art une illustration plus ancienne et plus poétique en narrant l'histoire des amours de Malak et Laïla, séparés par une guerre fratricide, dont la correspondance amoureuse avait tracé les sillons de l'amour dans l'azur des contrées orientales. »

Cette fois, Célestin ne douta plus du fil qui semblait relier sa vie à celle du chevalier Lauscher. Il avait écouté Rose sans un commentaire. Elle trouvait cette histoire digne des *Mille et une nuits* et ne manquait pas d'en souligner l'intensité romanesque. Troublé par tant de coïncidences – l'étang, la croix, Mathias et maintenant ce visage défiguré, ces oiseaux, ces messages –, Célestin se mura dans le silence.

Le lendemain, il délaissa la préparation du repas. Il ne semblait pas pressé d'écouter la suite de l'histoire de ce chevalier qui, chaque soir, venait dresser devant lui un miroir dans lequel il avait du mal à ne pas reconnaître les fragments éclatés de sa propre vie et de celle de son entourage.

« Avec force diplomatie, le chevalier donna à sa mission une issue pacifique : il réussit à convaincre les deux parties de partager le saint morceau de la Croix dont un resterait en leur possession et l'autre ne serait pas restitué à l'évêque de Jérusalem, mais rapporté par lui-même en Germanie. Pour cela, réunissant les dignitaires, et pour montrer que les Teutons n'étaient pas en reste d'histoires merveilleuses, il conta celle qu'il venait d'inventer : "*Il était une fois, dans la lointaine contrée de Souabe, un village connu pour posséder une noix magique. Un laboureur, follement amoureux de Brunehaut, se désespérait qu'elle restât sourde à ses avances. Il fit vœu que, si le village pouvait infléchir le cœur de son aimée, il ferait don de la moitié de sa récolte aux plus démunis. Était-ce la générosité affichée par le jeune laboureur qui émut la paysanne ou le regard implorant des plus pauvres, de fait, elle accepta l'amour de cet homme peu ordinaire. Le village s'en réjouit lors des noces célébrées sans délai.*

On surveillait le champ où une bien curieuse récolte se préparait. Une moitié du champ restait stérile. Dans les sillons, pas la moindre mauvaise herbe à l'exception d'un jeune plant de noyer, dont la semence était sans doute tombée du ciel, une noix ayant dû s'échapper des serres d'un rapace. L'autre moitié portait un jeune blé robuste qui augurait d'une belle récolte. Un phénomène extraordinaire intriguait le village : non seulement le noyer croissait de façon spectaculaire, mais il ne portait qu'une seule noix, de jour en jour plus grosse. Le brou d'un vert éclatant luisait dans le soleil du soir lorsque le village entier se rendait auprès du noyer pour constater le divin prodige. Le jour de la récolte arriva et le blé était déjà battu que la noix était toujours à sa branche, prête à craquer sous le poids de ce [mot manquant]. *Les deux amants, prenant du repos sous cet arbre, avaient l'habitude de s'aimer dans l'ombre de son feuillage, ils se* [...] [l'ouvrage précisait en note que ce passage était illisible, l'encre s'étant effacée au fil du temps] *Le fruit mûr se détacha enfin pour tomber aux pieds des amoureux. Le premier miracle de cette noix merveilleuse fut d'écraser dans sa chute un serpent s'apprêtant à mordre les deux innocents. Le brou éclaté, tous les habitants purent contempler cette noix fabuleuse qu'il fallut apporter sur la place du village dans une charrette tirée par un âne. Le fruit faisait l'orgueil des habitants et l'on venait de loin pour l'admirer. L'hiver venu, les plus démunis, à qui ce fruit appartenait sans conteste, envisagèrent, pour calmer leur faim, d'en briser la coque. Cette idée révolta le village qui, pour préserver sa fierté, se résolut à partager le blé. Ainsi, on ne sut jamais ce que contenait cette noix, mais la concorde régna longtemps dans ce petit village de Souabe."* La leçon était belle et les auditeurs ne restèrent pas indifférents à ce conte. Si la noix ne fut jamais brisée, le morceau de la vraie Croix fut partagé et, de ce jour, Chrétiens et Mahométans vécurent en paix derrière les remparts de Manbaâ Moqaddas. Sa mission accomplie, le Chevalier Lauscher put regagner Jérusalem. Il quitta quelques années plus tard ces États latins pour honorer sa seconde promesse : construire un château au bord de l'étang des *Sabots de Pégase*. »

Toute la journée Célestin se morfondit dans l'attente d'un nouveau passage de la vie de ce chevalier. Il appréhendait que ce chapitre ne scelle définitivement le lien qui unissait leurs vies, ce qui le plongerait assurément dans un abîme de réflexion. Rien cette fois ne pouvait confirmer son intuition et il en fut un peu soulagé. Il pensa au retable : la partie gauche du tableau ne représentait donc pas l'Ancien Testament mais le conte qui avait pu dénouer la situation difficile de l'ambassadeur. Le récit évoquait pourtant la question du savoir et de la connaissance et l'Arbre de la Tentation. L'ouverture de la noix aurait relégué le village dans l'anonymat en le privant de son trésor.

« De retour dans son pays, le chevalier prit des nouvelles de sa promise. Il fut heureux d'apprendre qu'elle l'attendait. Il lui écrivit une lettre pour lui *"faire part de la constance de ses sentiments mais qu'en revêtant l'habit des Chevaliers teutoniques il avait fait vœu de chasteté. Il devait faire une requête auprès du*

Magister Generalis pour se défaire de celui-ci. Il se devait aussi d'honorer un engagement qu'il avait pris un soir d'orage, en construisant sa nouvelle demeure près des étangs connus sous le nom de Sabots de Pégase. Une fois ces deux obstacles surmontés, il se présenterait devant elle avec son nouveau visage". Il espérait Mechtilde avisée de son malheur et de ses exploits et qu'ils puissent être enfin réunis.

La rupture de ses vœux de chevalier obtenue sans difficultés, une fois le château édifié, il reprit la route délaissée quinze ans auparavant. Nullement effrayée par ce visage mutilé, Mechtilde accepta d'épouser le seigneur Lauscher qui prit désormais le titre de Maître de Castalie, du nom de ses nouvelles terres lointaines.

Leur bonheur eût été parfait si le seigneur n'eût douté des sentiments de son épouse pour cet homme défiguré qu'il croisait parfois dans le reflet d'une carafe ou d'une vitre ; il ne cessait de la questionner sur la sincérité de son amour.

Mettant à profit l'éloignement du châtelain appelé sur ses terres, elle fit assembler un miroir aux bords ciselés dans un cadre richement orné, dont deux volets articulés donnaient l'illusion d'une fenêtre. À son retour, elle lui fit promettre d'ouvrir tous les jours ce miroir pour contempler et apprendre à aimer ce visage, oublier sa disgrâce et apprécier les vraies valeurs de ce chevalier. Elle lui suggéra de peindre ses exploits passés sur l'intérieur des volets.

Ému par son intention, le châtelain fit aménager une pièce de la tour carrée, où il exposa les attributs de son ancienne charge de Chevalier teutonique : la lance, la cotte de maille, l'armure, ainsi que la bannière de Frédéric II. Le miroir fut fixé au mur sous la garde de deux chandeliers. N'ayant pas eu à souffrir de sanglants combats pendant ces années passées en Terre sainte, il choisit de rendre hommage à sa parole fleurie, qui d'un conte bien tourné avait fait tomber le dernier rempart à la foi chrétienne. Il peignit ce noyer majestueux, avec sa noix au secret inviolé, dont la taille singulière, digne des légendes du passé, avait pu sceller la paix d'un lointain village oriental. Le deuxième panneau rappelait son appartenance aux Chevaliers teutoniques par la présence de leur symbole : saint Joseph guidant un âne qui portait Marie et son enfant. Il représenta aussi le Jourdain et le baptême de Jésus ; l'image du laboureur et son pigeon pour évoquer le conte. Les sentences dans les sillons rendaient hommage à Mathias III, qui les citait avec tant d'élégance.

Le seigneur s'absentant souvent pour gérer son domaine, Mechtilde s'en désolait. Il fit bâtir au bord de [l'étang] un pigeonnier d'où s'envolaient les messagers porteurs d'une flamme que l'éloignement ne pouvait éteindre. »

Le lendemain, Célestin et Rose invitèrent leurs amis alsaciens de passage à Paris. La traduction du dernier chapitre attendrait. Célestin, satisfait de connaître enfin la véritable histoire du retable, ne manifesta aucune impatience et établit le menu d'un repas propre à ressusciter sa gloire passée de *Chef* et rallumer les étoiles de son tablier. Ils décidèrent de convier aussi Mathieu et sa femme.

Le repas fut animé. En vertu du *Principe de Bacchus* lorsqu'il a sa place à table, le niveau sonore augmentait dans la pièce quand diminuait dans les carafes celui du vin. On riait à l'évocation du groupe de touristes avec qui ils avaient partagé ce périple ; l'étudiant ayant déserté sa charge au château de Castalie comme point d'orgue de cette mauvaise partition. Le retable s'invita bien vite dans la conversation. Après en avoir longuement fait la description à Mathieu et sa femme, Célestin, tel un trophée, posa sur la table l'ouvrage allemand dont les Alsaciens traduisirent le titre : *Vie et destin du chevalier Lauscher*. Célestin décrivit avec malice comment Rose, chaque soir de la semaine, en faisait la lecture chapitre après chapitre. Il dévoilait là un fragment de leur intimité, fier de montrer que, après tant d'années de vie commune, ils pouvaient encore partager des joies simples. Il résuma les principaux épisodes de la vie du Chevalier teutonique, demandant à Hans de lire à voix haute la fable de la noix magique. Impatient de connaître les circonstances de la mort du chevalier, certainement le sujet du dernier chapitre, Hans se proposa de le traduire, mais, soucieux de préserver leur rituel, Rose et Célestin refusèrent, et notèrent la référence de l'ouvrage.

Pour clore la soirée, Hans sortit de son sac un ouvrage destiné à Célestin, un *Dictionnaire de l'ésotérisme* récemment paru. Une rubrique traitait du carré magique de Pompéï, éclairant sa signification. Il avait lu le texte mais, outre le plaisir de trouver *Arepo* dans ce fragment de latin et la fierté de connaître le nom savant de cette construction linguistique, un « palindrome » et celui de « boustrophédon » – qui désigne les textes changeant alternativement de sens à chaque ligne, comme des sillons –, il n'était pas sensible à ce symbolisme touffu.

Célestin attendit le départ de ses amis pour en entreprendre la lecture qui, il en conviendrait plus tard, engendra le plus grand malaise de son existence. La rencontre de son double est sans doute la pire épreuve qu'un homme ait à supporter. Sentir la main invisible du destin prendre les rênes de sa propre vie, invitant insidieusement celui qui croyait vivre libre à reconnaître son impuissance devant ce qui est écrit d'avance, c'est ce que Célestin ressentit à la lecture de la rubrique *Carré Sator* du *Dictionnaire ésotérique*.

La découverte de ce carré magique datait de 1925 lors des fouilles d'une villa de Pompéi ; un second carré fut découvert onze ans plus tard, toujours à Pompéi, gravé sur une colonne. D'autres avaient été signalés à Saint-Jacques-de-Compostelle, en Écosse, à Budapest ou en France dans le Vaucluse, en Ardèche ou en Isère. Signe de reconnaissance des premiers chrétiens persécutés pour les uns, élément de la Kabbale pour les Juifs, plusieurs traductions étaient proposées ; l'une d'elles fit frémir Célestin :

« Le laboureur Arepo guidant
la charrue travaille en tournant. »

Sator Arepo Tenet Opera Rotas

Arepo, un laboureur, le laboureur du diptyque ! Le commentaire parlait d'un mot croisé parfait, sans case noire. Lui qui toute sa vie l'avait cherché, découvrait que son nom propre en était une clef. Il lut que l'interprétation chrétienne pointait que, en ôtant au palindrome les lettres pour former *Pater Noster*, il ne restait plus que A et O, l'Alpha et l'Omega dont il avait éprouvé la puissance en regardant le ciel étoilé de La Salette, adossé à cette croix où était écrit… PATERNOSTER, et dont les instruments de la Passion vus à contre-ciel rappelaient ce mot de *TeneT*. Paternoster pouvait lui-même se doubler, évoquant ce crucifix qui l'avait si puissamment interpellé. Enfin il apprit que la lettre *N* au centre du carré, *noun* en araméen, signifiait *poisson*.

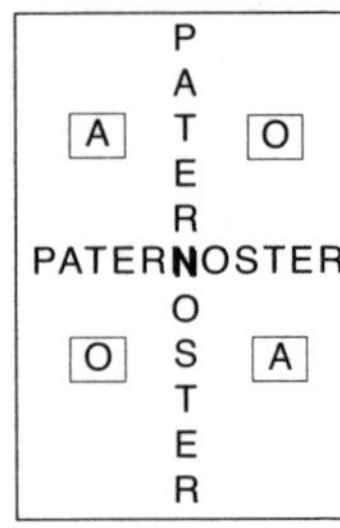

SATOR
AR**E**PO
TENET
OP**E**RA
RO**T**AS

Quel poisson habitait les sombres profondeurs de ces étangs qui avaient changé sa vie et celle du chevalier ?

Blême, Célestin referma le dictionnaire. Il ne voulait plus savoir, ne rien savoir, oublier, retrouver demain comme un jour vierge, comme une page où lui, Célestin Arepo, pourrait écrire la poésie de sa vie en toute liberté. L'intuition ressentie à la lecture de la vie du Maître de Castalie était donc avérée, les similitudes entre leurs vies n'étaient pas fortuites, et maintenant, ce carré magique dont il était sans le savoir l'incarnation ! Jamais Célestin ne lirait la mort du chevalier Lauscher. Demain, il demanderait à Rose de ne pas traduire les dernières pages du livre. « Qui augmente son savoir augmente ses peines », jamais cette sentence n'avait été aussi juste. Aujourd'hui, augmenter son savoir, c'était connaître sa propre mort.

Il rejoignit Rose tard dans la nuit, avec, au creux de la poitrine, le noir poison de l'angoisse.

Le jour suivant, Célestin sombra dans la mélancolie. Le livre ne fut pas ouvert, ni même évoqué par Rose qui mit le brusque changement de comportement de son époux sur le compte d'une fatigue passagère. Célestin sortait tous les jours, errant dans les rues de Paris, sans but, la tête pleine d'interrogations absurdes : se pouvait-il que par-delà les siècles se rejouent les existences des hommes ? Qu'en était-il de sa liberté ? Qui tire les ficelles ? Un souvenir d'enfant lui revint alors qu'il marchait sur un trottoir aux dessins bien marqués dans le ciment : s'il ne marchait pas sur ces lignes, il ne serait pas interrogé à l'école par le maître. Il fit alors un brusque écart, riant tout seul d'avoir trompé… trompé qui ? Cet écart lui-même ne pouvait-il être « prévu » ? Il dérivait dans les rues, désespéré, inquiet de sombrer dans la folie dont il sentait la main déjà posée sur son épaule.

Il passait de longues heures dans les cafés, privilégiant les plus animés et les plus bruyants pour essayer d'échapper à lui-même. Parfois son visage déformé se diffractait à l'infini dans les glaces des comptoirs, libérant l'effroi pour le laisser sans force, une boule de plus en plus dure au creux de l'estomac. En rentrant, il s'arrêtait parfois au *café du Quai* qui, distillant en lui le contrepoison de l'amour au souvenir de sa jeunesse et de sa rencontre avec Rose, lui procurait un bref soulagement. Il reprenait là ses anciennes habitudes et échappait pour un moment à son angoisse, noircissant quelques grilles de mots croisés et s'exerçant à ces nouveaux jeux de mots fléchés, craignant de voir surgir de ces grilles des messages qui lui seraient destinés.

Ce malaise perdura jusqu'à ce jour où il s'attarda sur la page du journal qui rassemble les programmes de la télévision, les jeux, les recettes et l'horoscope, dont jamais il n'avait lu, ni même regardé les prédictions. Il avait toujours considéré l'astrologie comme le signe d'une aliénation. Mais aujourd'hui, observant des clients jouant aux dés sur le comptoir et pensant à l'usage qu'il en faisait parfois pour ses poèmes, l'horoscope fit naître en lui une vision cosmique : il imagina l'infini des étoiles comme autant de dés dont les faces porteraient chacune une parcelle de l'existence de la vie des hommes, de tout temps et en tout lieu. Chaque naissance comme une main pour relancer ces dés dont la somme déterminera le destin du nouveau-né. Le hasard répète parfois ces combinaisons. Ces impressions de déjà-vu si désagréables ne sont-elles pas là pour en témoigner ? Il se souvint que son signe astrologique était le taureau, taureau sous lequel il avait précisément l'habitude de s'asseoir. Une heure auparavant, il se serait effrayé de cette coïncidence, mais il sourit, sentant qu'une issue viendrait bientôt le sortir de l'impasse dans laquelle il s'était égaré.

Quelques jours plus tard, Célestin eut la surprise de découvrir dans la vitrine d'une librairie un ouvrage sur *Les Objets insolites dans l'Art sacré*. Il demanda à le feuilleter : un chapitre était consacré au retable de Castalie. Il en avait longtemps cherché une reproduction. Il décida d'offrir ce livre à Rose le soir même.

Le commentaire laissait penser que son auteur avait lu le petit ouvrage allemand sur le chevalier Lauscher. Il n'était plus question d'Adam et Ève dans la partie gauche du tableau, mais d'une allégorie de la Tentation. L'artiste avait peint un couple de paysans entourant un noyer porteur d'une grosse noix. Le commentaire, illustré d'une photographie du château, donnait la traduction du conte et les circonstances de sa création. Le laboureur et ses sentences y étaient mentionnés.

Cette nuit-là Célestin ne parvint pas à s'endormir. Quelque chose l'intriguait. Il se leva et ouvrit le livre, il voulait relire la notice et la traduction des sentences. Une erreur d'impression donnait ces traductions dans un ordre inversé : « *Connais-toi toi-même – Le doute est le début de la connaissance – Qui augmente son savoir augmente ses peines* ». Il s'en amusa d'abord, puis, seul, sous la lumière tamisée de la petite lampe du bureau, il sourit aux anges. La connaissance de soi n'était donc pas une finalité, mais le premier pas sur le long chemin dont on ne connaîtra la destinée qu'à l'ultime fin. À trop s'observer, on ne vit plus, il venait d'en faire l'amère expérience. Il faut pouvoir se dessécher ou déborder de vie, comme les étangs dont les rives sont jonchées des traces de cette respiration. Tant pis, ou tant mieux, si, comme ceux des *Sabots de Pégase*, on possède un frère jumeau qui accueille un château au passé délicieusement romantique, ou un casino où l'on accepte de s'en remettre à la chance. Il faut *savoir*, bien sûr, mais accepter aussi le mystère et le doute, conserver la pensée magique du *je sais bien… mais quand même* de l'enfant qui se rend à l'école en évitant les lignes dessinées sur le ciment du trottoir.

Le lendemain, Célestin croisa comme tous les jours la *rue des Deux-Gares* ; c'était bien qu'elle ne relie pas *vraiment* les deux gares.

Il rendait parfois visite à Mathieu qui était désormais installé près de ses chers étangs. Il allait aussi au cimetière Montmartre où un jeune homme avait depuis des années succédé à son ami. Le nouveau gardien avait conservé quelques-unes de ses réalisations que Célestin avait du plaisir à revoir dans les allées.

Un jour de ciel clair, le cœur plein d'allant il décida de regagner l'étang du Grand Passage et d'en parcourir le rivage encore inexploré, revoir la petite colline boisée et, peut-être, y retrouver Mathieu.

Dans sa DS 23, il se souvint en s'en amusant que, sur cette même route, il s'était posé la question des productions à venir des usines Citroën.

Au bord de l'étang régnait un calme inhabituel. Pas un seul pêcheur, pas un souffle dans le feuillage, pas un frisson sur l'onde, pas même une de ces araignées d'eau défiant les lois de la physique en glissant sur la surface immatérielle de l'étang. La vie s'était retirée : libellules, mouches et fourmis avaient disparu. Tout semblait figé, Célestin, troublé, eut l'impression irréelle d'être devant un tableau.

Seul un long poisson argenté nageait avec lenteur entre deux eaux ; d'un brusque mouvement de la queue il disparut dans les profondeurs, laissant derrière lui une onde qui lentement alla mourir dans les roseaux.

La surface de l'étang reprit lentement l'aspect d'un miroir et Célestin s'abandonna dans le lumineux reflet d'un nuage.

Le grillon fut le premier à frotter ses élytres. Une buse fit plier la branche d'un peuplier, l'armée des fourmis reprit sa marche laborieuse, les araignées d'eau patinaient de nouveau, les mouches vaquaient.

La vie reprenait à l'étang du Grand-Passage.

Alertée par Rose de la disparition de son époux, la gendarmerie, à qui un inconnu avait signalé la présence d'un véhicule abandonné, s'était rendue sur place. Une barque avait été détachée et s'était échouée dans les roseaux. On décida de sonder l'étang, sans résultat. Des heures durant, des plongeurs cherchèrent le corps de Célestin. Cet étrange fait divers fit pendant quelques jours les gros titres du journal local, puis il fallut se rendre à l'évidence : Célestin Arepo avait bel et bien disparu.

L'affaire classée et le chagrin surmonté, Mathieu fit part à Rose des engagements pris par Célestin bien longtemps auparavant pour sa concession au cimetière Montmartre. Il l'avait récemment renouvelée et Mathieu suggéra de réunir les objets que son ami affectionnait. Avec son accord, il préparerait une boîte qui serait déposée dans la tombe lors d'une cérémonie.

Celle-ci eut lieu à l'automne 1975, en présence de Rose, de Mathieu et son épouse, de Hans et Liesel et de quelques vieux ouvriers des établissements Dubreuil & Fils dont Roger et sa femme. Rose lut un poème de son défunt mari et remercia les amis rassemblés. Mathieu, qui voulait rendre un ultime hommage à son ami prévint le gardien d'une visite prochaine.

Quelques semaines plus tard, les visiteurs purent apercevoir un homme âgé, penché sur une tombe dans un angle du cimetière, un burin dans une main, un marteau dans l'autre, gravant une épitaphe sur la pierre tombale de Célestin Arepo.

Célestin avait choisi l'emplacement et l'orientation de sa tombe avec grand soin. Une moitié avait reçu les rayons du soleil, l'autre s'était couverte de mousse. Les chats du quartier avaient l'habitude, pour leurs amours tapageuses, de fréquenter ce coin du cimetière. Un jour de féroce querelle, la belle fit basculer dans sa fuite le pan du mur jadis restauré par Mathieu, descellé par le temps. Sur la pierre tombale désormais inondée de soleil, la mousse disparue, le passant peut lire, finement gravée, l'épitaphe choisie par Mathieu. L'amateur de mots que fut Célestin en aurait apprécié la pertinence :

Ci-gît Célestin Arepo,
Homme au céleste destin.

Ne sachant de quel signe religieux orner sa tombe, Mathieu, au souvenir de ce petit croissant de lune décrit par son ami au retour d'une nuit passée à La Salette, avait décidé d'en perpétuer le souvenir. Que le passant ne s'y trompe pas, nulle référence à un quelconque orientalisme dans ce croissant, seulement un hommage à la poésie et à la sensibilité d'un ami disparu.

Coda

Sur la palette infinie des couleurs, assurément c'est le gris qui peut donner à la vie passée de Célestin les reflets du destin exceptionnel de ceux qui prennent le long et difficile chemin qui mène à eux-mêmes.

Pas le noble gris de son costume dominical, plutôt le gris du ciel quand le soleil s'éclipse pour se faire désirer. Il laisse alors la place aux nuages dont la tristesse devant son absence tombe en larmes de pluie sur la terre, pour les bienfaits de la germination et de la vie.

Si un chiffre doit résumer cet homme, ce n'est certainement pas la série des neuf premiers, trop prétentieux dans leur singularité, dissous dans l'infini des combinaisons ; pas plus que le zéro, chiffre magique, non-être révélateur de l'être même de tous les autres... 212 *conviendrait mieux, nombre discret mais unique, maillon indispensable dans la chaîne de l'infini.*

Ce livre a été publié avec le soutien
de la Région Rhône-Alpes

Achevé d'imprimer en juin 2013
sur les presses du **Groupe Horizon**
200 avenue de Coulin
13420 Gémenos-F

N° d'impression : 1305-126

Dépôt légal : juin 2013
Imprimé en France